光文社文庫

文庫書下ろし／傑作時代小説

殺しは人助け

新・木戸番影始末㈥

喜安幸夫

光　文　社

この作品は光文社文庫のために書下ろされました。

目次

江戸市中略図
日光御成街道
中山道
駒込
日暮里
小塚原
隅田川
寺島村
長命寺
竹屋之渡し
小梅村
新吉原
日本堤
根岸
東叡山寛永寺
猿若町
吾妻橋
浅草寺
東本願寺
雷門
竹町之渡し
源森川
業平橋
浅草駒形堂
新堀川
御蔵前通り
北割下水
大川
石原町
本所
御米蔵
御竹蔵
南割下水
亀戸村
回向院
両国広小路
米沢町
薬研堀
両国橋
浅草橋
二ツ目之橋
三ツ目之橋
一ツ目之橋
竪川
横川
御材木蔵
新大橋
小名木川
万年橋
深川
仙台堀
永代橋
富岡八幡宮
木場
越中島
洲崎
霊岸島
石川島
佃島
雑司ヶ谷
護国寺
大塚
御薬園
白山
小石川
傳通院
本郷
不忍池
下谷広小路
神田明神
御徒町
外神田
向柳原
柳原土手
内神田
江戸川
高田馬場
早稲田村
牛弁天
牛込
神楽坂
神田川
水道橋
表猿楽町
湯島
昌平橋
筋違橋
番町
田安御門
雉子橋御門
一橋御門
神田橋御門
市谷
四谷
左門町
忍町
麹町
平河町
千日坂
元赤坂町
赤坂御門
永田町
半蔵御門
千代田城
西之御丸
北町奉行所
南町奉行所
常盤橋御門
小伝馬町
大伝馬町
葺屋町
日本橋川
江戸橋
日本橋
数寄屋町
楓川
組屋敷
八丁堀
外桜田御門
虎之御門
新シ橋
幸橋
京橋
木挽町
三十間堀
西本願寺
千駄ヶ谷
溜池
愛宕下
土橋
芝口橋
汐留橋
氷川明神
新下谷町
青山原宿町
東海道
濱御殿
神谷町
増上寺
六本木
中之橋
赤羽橋
飯倉片町
金杉川
江戸湊
渋谷村
麻布村
下渋谷村
善福寺
一ノ橋
二ノ橋
三田町
芝
将監橋
金杉橋
麻布広尾町
古川町
天現寺
三ノ橋
四ノ橋
古川
上目黒村
渋谷広尾町
麻布
薩州蔵屋敷
泉岳寺
泉岳寺門前町
袖ケ浦
白金
目黒川
下目黒村
御殿山
品川北
大崎村
品川南
桐ヶ谷
次頁拡大図
北
東
南
西

泉岳寺周辺略図

古川町
古川
功運寺
永松町
豊岡町
通新町
横新町
芝田町
薩州蔵屋敷
元札辻
東海道
黒鍬組屋敷
三田八幡神社
魚籃坂
三田北代地町
魚籃観音
大円寺
三田台町
伊皿子台町
伊皿子坂
細川越中守
屋敷
大御番組
車町横町
下高輪台町
高札
代地
樹木谷
長應寺
車町
縄手道
高輪大木戸
三田南代地
泉岳寺
(赤穂四十七士の墓)
泉岳寺門前町
如来寺
木戸番小屋
大仏
太子堂・庚申堂
高輪北町
二本榎町
高輪北横町
袖ケ浦
高野寺
高輪中町
東禅寺
高輪南町
白金猿町
高山稲荷
御用地
品川台町
松平大和守
屋敷
品川歩行新宿一丁目
御台場
品川歩行新宿二丁目
猟師町
善福寺
御殿山
大崎村
品川北本宿
北馬場町
品川橋
目黒川
品川南本宿
北
東
南
西

救うべきもの

一

「きょうは品川のほうでよ」

陽は高くなっているが、午にはまだ間のある時分だった。荷運び屋の修助が大八車を牽いて泉岳寺門前町の木戸の前を通りかかり、街道に出ていた杢之助に声をかけた。

修助は門前町の北どなりになる高輪車町にねぐらを置いている。五十路になるが、さほど老けては見えない。若いときから大八車を牽く日々だったから、元飛脚の杢之助に似て足腰が達者なのだ。現在も無理はできないものの、近場を中心に荷運び仕事に精を出している。

天保九年（一八三八）文月（七月）も下旬に入れば、暦どおり秋を感じる日が多くなる。この日も朝から快適な涼しさに、人々は身を包まれていた。

「ああ、これはとなり町の修助どん、精が出るねえ。足の運びに力が入ってらあ」

大八車には長持が一棹、縄で固定されている。中身は衣類でさほど重くはなさそうだ。

「木戸番さんもお達者で。帰りにまた寄らせてもらいまさあ」

「おう、待ってるぜ」

互いに交わし、大八車を牽き品川方向に去る修助の背を、杢之助は見送った。

修助に限らず、近隣の行商人や出職の者が、東海道に面した泉岳寺門前町の木戸の前で杢之助と言葉を交わし仕事に出かけるのは、すでにこの町の風景の一部になっている。普段はのどかな景色であっても、多くの人の往来があれば、いついかなる事件が潜んでいるか、あるいは降って湧くか知れたものではない。往来人はいずれも、それぞれに得体が知れないのだ。

その日も午をいくらか過ぎた時分だった。

「木戸番さん、いなさるかね」

皺枯れた声が木戸番小屋に入った。いつものように、腰高障子は開け放ったままだ。町内の者なら、顔を上げるよりも声で誰だか分かる。

すり切れ畳に腰を据えていた杢之助は、

「おおう、佐平の父つぁんかい。寄って行きねえ」

言いながら顔を上げ、屋内を手で示した。

荷運び屋の修助とおなじ車町の住人で、杢之助と歳の違わない、還暦に近い錠前直しだ。杢之助が十歳若い修助とくらべてもほとんど違わないほどか、それよりも若く見えるのに対し、佐平は歳相応に腰がいくらか曲がり、往還を行くにもすこし前かがみになる。

車町の住人も門前町の者も、佐平を〝爺つぁん〟と呼んでいるが、杢之助は同世代であるせいか故意に〝父つぁん〟と呼んでいる。それが佐平にとっては嬉しいようだ。

「そのつもりで声をかけたのよ。障子戸も開いていたしなあ」

言いながら佐平は番小屋に近づいて敷居をまたぎ、

「仕事の帰りだ。この門前町の通りの旅籠さ、播磨屋さんに新しい錠前を頼まれてなあ。それを取り付けてきたのよ。鍵の調整もしてな」

と、道具入れの袋を脇に置き、杢之助の示したすり切れ畳に腰を据えた。

「播磨屋さんなら、この門前町で一番大ぶりな旅籠で、町の町役さんも兼ねておいでじゃ。錠前を新しくするにも、けっこう数がそろうていたろう」

「ああ、以前の細工を新たにしたり、まったく新しいのとか……。おっと、お得意さんの家の鍵のことを話しちゃなんねえ」

「あははは、そのとおりだ。儂もつい訊いちまったい。ま、数が多いか少ないかくれえならいいだろう。いくら木戸番人の儂でも、細工までは訊かねえ」

「そこまで訊くやつがいりゃあ、そいつは盗っ人だぜ」

「違えねえ」

言うと二人は顔を見合わせ、さも愉快そうに笑う。

故意とも思えるその笑いは、

(盗っ人など俺たちにゃ縁遠い話)

と、杢之助にとっては、話している相手に印象づける狙いもある。佐平にもその意識はあった。

おもてを通りかかった町内のおかみさんが、

(えっ、なに？)

と、腰高障子の中をのぞき込んだ。木戸番人と錠前直しの還暦に近い二人が向かい合って大笑しているのだ。

（まあ、お元気なこと）

ほほ笑み、通り過ぎた。おもてを通っただけの者には、二人の笑いの根源になにがあるか、想像もつかないだろう。

杢之助が東海道に面した泉岳寺門前町の木戸番小屋に入ったのは、この年の卯月（四月）のあたまだった。まだ四月しか経っていない。だが町の住人の多くがすっかり、杢之助がもう幾年もまえからそこに陣取っているように錯覚している。町役たちが数カ月も、あるいは一年も二年もかけ、ようやく解決にこぎつける町内のいろいろな問題に、杢之助は木戸番小屋に入ったその日から精力的に取り組み、つぎつぎとかたづけていったからだ。

実際、解決した揉め事の量は、それこそ有力な町役や気の利く木戸番人の、五年分にも十年分にも相当する。なかには木戸番小屋が町内の年寄りの捨て処になり、ただそこに寝起きしているだけの木戸番人も少なくない。それが江戸中の木戸番小屋の一般であれば、杢之助が町内の住人から、すっかり門前町に巣喰っている木戸番さんと錯覚されても、さもありなんである。それだけ杢之助は早くも、泉岳寺門前町やおとなりの車町の住人から信頼を集めていることになる。

その杢之助が門前町の木戸番小屋に入ってから、門前町町役総代の門竹庵細兵衛や木戸番小屋向かいの日向亭翔右衛門らは別として、佐平は早いうちから木戸番小屋に出入りし、杢之助と昵懇になった住人の一人である。

門前町での木戸番人生活の三日目だった。

その出会いに杢之助は他人に言えない緊張を覚え、佐平も杢之助に、

（――ん？　この御仁!?）

迫るものを感じた。双方とも瞬時、心ノ臓の高鳴るのを覚えたほどだ。二人ともそれを内に抑え、口に出すのはむろん表情にあらわすこともなかった。

ともかく現在の生活は、杢之助は木戸番人で佐平は錠前直しである。杢之助はともかく、佐平はそこから一歩も逸脱していない日々を送っているのだ。

佐平が初めて杢之助のいる木戸番小屋に足を入れたのは、きょうとおなじで仕事の帰りだった。夏場のことで、腰高障子は開け放したままだった。前を通りかけてちょいと中をのぞき、

「――ほぉう。話にゃ聞いちゃいやしたが、ほんにあっしと似た世代のお人のようじゃ。嬉しいぜ。ちょいと寄らしてもらってもいいかい」

と、若く見えても自分と差はないと値踏みした佐平に、杢之助は相好を崩し、

「――ほうほう、この世に生きていなさる。儂とおなじだなあ」

「――ふふふう。おもしれえことを言いなさる」

腰高障子の敷居をまたぎ三和土に立った佐平に杢之助はすり切れ畳を手で示し、佐平はそれに従った。

杢之助も佐平も、同世代が嬉しかったようだ。この時代、還暦近くになっても隠居せず、足腰達者で仕事をしている者など、そういるものではない。それに佐平は、腰切半纏を三尺帯で決めた職人姿が似合っていた。

その腰をすり切れ畳に据え、上体を奥の杢之助のほうへねじる。

その姿勢で佐平は言う。

「――さっき坂上の町役さんさ、門竹庵の細兵衛旦那から聞きやしたが、木戸番さん、すこぶる元気なお人らしいねえ。あやかりてえ」

「――あはは、おめえさんだって見りゃあ分かるぜ。この町の坂道、ひょいひょい上りなすったろう」

実際、見ていたのだ。

還暦に近い二人の健康談義で、すり切れ畳の上は弾んだ。

来し方の異なる二人が親しく語り合えば、互いに相手をもっと知りたいとの願望

から、決まって話題は、

「——若いころには……」

に行き着く。

杢之助の売りは元飛脚で、全国の街道を走ったことだ。

一方、佐平の自慢は、

「——若えころから錠前直しで、おもに出職の仕事をし、年季を重ねたいまは、人さまのほうから来てくれる飾り職人もやっていてなあ」

と、老いてもつづけられる技を、身につけていることである。

錠前直しは鍵を調整する鍵師も兼ね、蔵の錠前から手文庫の小さな物まで磨き直したり、新たに打ったり削ったりする。手先が器用で金属に凝った細工もすることから、かんざしを打つ飾り職人に仕事替えをする者もいる。飾り職人になれば出歩かなくても自分の座る場さえあれば、そこが仕事場になる。

佐平はその域に達しているが、まだ出職になる錠前直しの仕事もつづけている。

この日は門前町坂上の門竹庵に行っていたようだ。

「——車町に家移りしてから、もう五年になりまさあ。こちらでも新たなお客さんから声をかけてもらい、ありがてえことで」

と、佐平は言うように、もう車町に五年の歳月を過ごし、泉岳寺門前町にもけっこう馴染んだ錠前直しであり、飾り職人であるようだ。車町に一人暮らしであることから、佐平にも杢之助とおなじで、身寄りのないことは察しがつく。

杢之助も、

「――儂のような寄る辺のねえ者を町に住まわせてくれてよ。木戸番人暮らしたあ感謝、感謝の毎日よ」

と、応じる。

還暦に近い二人は意気投合している。このようなことは杢之助にとっては珍しいことであり、もちろん佐平もそうであろう。年齢ばかりか、達者なことも、自分の生き方を肯是し合っていることからも、二人は同類の士と言えた。

だが、杢之助は話しながら、

(――みょうだ。なんなのだろう、この不安定な落ち着かない思いは……)

感じていた。

二人のあいだに溝があるのを感じたのではない。その逆で、話せば話すほどに杢之助は佐平に同類のよしみを覚えるのだ。

いま佐平は、商家の娘に頼まれたかんざしを打ち、出来栄えをすごくよろこんでくれたことを、いかにも嬉しそうに話している。

聞きながら杢之助はハタと気づいた。

（――いずれの娘）

商家と言っていたが、それがどの土地で、いつごろの話か、まったく見えてこない。だからと言って、佐平がでたらめを言っているのでないことは、話しぶりからも表情からも分かる。

佐平は飾り職人になった来し方を語ったが、どこにねぐらを置いていたのか、独り身のようだが、所帯を持ったことはないのか……、それらの諸事がまったく見えてこない。

（――なるほど）

と、思える。

杢之助は佐平の来し方を当人が話す分だけを聞き、自分のほうから問いを入れることはなかった。問われないことは、佐平も語らなかった。だから問われたことを話さず、気まずい思いになる場面もなかったのだ。

杢之助も飛脚稼業と木戸番渡世は詳しく語ったが、それ以外は話さなかった。それが〝なるほど〟なのだ。

二人とも、訊かれないことは話さない。訊かれて困ることは、自分も相手に訊かない。そこに二人の呼吸は、ピタリと合っていた。まさしく二人はその意味からも〝同類〟なのだ。

これが門前町の三日目に、杢之助が佐平に覚えた印象だった。

このときも腰高障子は、開け放したままだった。

「――あらあ、やっぱり飾りの爺さまだ。さっそく新しい木戸番さんとご昵懇になられましたか」

と、向かいの茶店日向亭のお千佳が、敷居の外から愉快そうに声を木戸番小屋に入れた。年寄りが二人、早くも茶飲み友達になったのを〝やっぱり〟と表現する。そこが愉快なようだ。

日向亭は泉岳寺の門前通りが東海道へ丁字型に突き当たった角にあり、門前通りに面した出入り口は泉岳寺門前町で、東海道に面した玄関口は車町になっている。茶店といっても大ぶりな構えで、簡単な食事も酒肴も出し、街道を行く者には泉岳寺への目印になっている。商舗が二つの町にまたがっていることから、亭主の翔右衛門は門前町と車町の二つの町の町役を兼ね、どちらの町にとっても重宝な存在となっている。

佐平は錠前直しとして日向亭に出入りがあり、それが飾り職人でもあり、女の奉公人たちに歪(ゆが)んだかんざしがあればその場でタダで直してやったりしている。だからお千佳たち日向亭の女中衆は、佐平を〝飾りの爺さま〟と称(よ)び、ことさら親切にしているのだ。

このときも佐平が来ているとなれば、

「――ちょいとお待ちくださいな。お茶、すぐ持って参ります」

もちろん木戸番小屋に運ぶお茶から、日向亭が茶代を取ったりしない。

「――それはそれは。したが、ちょうど帰(けえ)るところでな」

佐平はお千佳の声をきっかけのようにすり切れ畳から腰を上げた。

杢之助はもっと話したそうだった。

敷居を外へまたごうとする佐平の背に、

「おめえさんに会えたこと、嬉しいぜ。また来てくんねえ」

このとき杢之助が言った〝また来てくんねえ〟は、本心からだった。さほどに杢之助は同世代の佐平に関心を持ったのだった。

二

佐平は車町のほうへ帰ったようだ。入ったばかりの木戸番小屋で、なぜこうも心ノ臓の高鳴りを覚えるのか。

おもての東海道は、江戸湾の袖ケ浦に沿って打ち寄せる波を受けている。部屋の中にもその波音が聞こえる。

――同類

さきほど佐平とのやりとりに覚えた感触が、幾度も杢之助の脳裡にめぐる。

(儂やあどこに住んでも、土地のお人らに知られちゃならねえことがあるでよ)

だからこれまで、来し方をすべては語らず、いずれの木戸番小屋に入っても、飛脚以外に町の人々から過去に関心を持たれるのを極力避けてきた。その苦しい雰囲気が、佐平にも感じられるのだ。

(おめえさん、錠前直しで飾り職人までやってなさることは分かったぜ。だがよ、どこに住んでどんなお人らと付き合っていたよ)

それが伏せられている。つまり、佐平の人物像が、

（見えねえ）

そこが自分と〝同類〟なのだ。佐平もまた杢之助に、それに近いものを感じたに違いない。

互いにそれを意識しながら、佐平は仕事の行き帰りに木戸番小屋の前を通れば立ちより、杢之助も佐平との時間を厭うことはなかった。双方とも、つかみどころのないその生き方を、肯是し合っているのだ。

佐平が、

「——それじゃ、元気でな。また来させてもらわあ」

と、錠前直しの道具を入れた袋を肩に敷居を外にまたげば、

「——ああ、いつでも来てくんねえ。待ってるぜ」

その背に杢之助は声をかけていた。

向かいのお千佳も、往還での杢之助との立ち話に、

「——きのうも飾りの爺さま、お見えになってましたねえ」

と話題にするほど、佐平が立ち寄り杢之助と軽く世間話などをして行くのは、すでに泉岳寺門前町の木戸番小屋の日常になっていた。

だがそのたびに、

(おめえ、世間さまになにを隠している。どこまで儂と同類よ)

と、気になっていた。

だが、訊くのが恐かった。いかなる答えが返ってくるか、想像できないことではなかったからだ。

それに、問えば、

(儂も問われる)

それは杢之助が、せっかく安住にと得た泉岳寺門前町からも、いずれかへ身を隠さねばならないことを意味する。

荷運び屋の修助が大八車に長持を載せ、〝帰りにまた寄らせてもらいまさあ〟と午前に品川方向に向かい、午過ぎに〝木戸番さん、いなさるかね〟と錠前直しの佐平が門前通りの播磨屋での仕事を終え、ふらりと木戸番小屋に立ち寄ったのは、そうした日々の一日だった。

話は弾み、お互いを〝盗賊〟に見立てるような話に声を上げて笑い、杢之助は笑いのなかに〝盗賊〟の語句を吹き飛ばし、

(佐平どん、それもまた儂と同類?)

ふと脳裡によぎらせた。

杢之助には、数年にわたって江戸の町奉行所を翻弄させた、大盗白雲一味の副将格であった一時期がある。現在は悔いる毎日だ。それが世間に知られてはならない、杢之助の秘中の秘なのだ。

(同類……、そうかい。おめえさんもかい)

佐平に感じ、互いにその後の生き方を肯是していることからも、

(儂とおなじに、世間に詫びているようだな)

と、そこまで思えてくる。

二人がちょうど大笑のなかに以前を吹き飛ばしているところへ、

「おや、その笑い声。錠前直しの佐平さん」

と、声が木戸番小屋の三和土に入ってきた。

午前に顔を出し、また来ると言っていた荷運び屋の修助だ。言ったとおり、また顔を見せたのだ。往還に長持を載せた大八車を停めている。中は空だろう。

それよりも、杢之助にはこの瞬間、ハッとするものがあった。

まわりの者はいずれも佐平を〝錠前直しの人〟とか〝錠前直しさん〟あるいは〝飾り職の人〟と、その仕事を名前のように呼んでいる。お千佳などは〝飾りの爺

さま〟だ。

いま修助は佐平を〝錠前直しの佐平〟さんと呼んだ。修助は自分が〝荷運び屋の修助〟と呼ばれているから、それになぞらえて〝錠前直しの佐平〟さんと呼んだのだろうが、他人(ひと)が聞けばなんら問題なく、聞きながしてしまう呼び方だ。だが杢之助にはいま、ハッとするものがあったのだ。

杢之助はそれを佐平と修助に気づかれぬよう、

「これは車町のお人が二人そろうたあ珍しい。ま、ゆっくりしていきねえ」

と、話を進めた。

「そうさせてもらいやしょうかい」

と、修助は佐平とおなじ車町のよしみで遠慮なく言うと、そのまま敷居をまたいだ。

佐平も遠慮なく杢之助に代わって、

「仕事の帰りかい。座って行きねえ」

と、すり切れ畳を手で示し、腰を横に引いた。

「すまねえ。別に用はねえが、ここに来ると気が落ち着くもんでよ」

言いながら修助はそこに腰を据え、奥の杢之助のほうへ上体をねじった。三人がそれぞれに向かい合うかたちになる。

「門前町の番小屋に、車町のお人が同時にそろうたあ珍しい。修助どんは車町はもう長えのかい。佐平どんは五年だったねえ」

杢之助は車町の住人といろいろ話したいことがある。門前町の住人ならほぼ家族構成から家移りしてきた時期まで把握している。住人のようすを知るのは、木戸番人として大事なことなのだ。

となり町の車町の住人はあまり把握していない。車町は江戸府内から家移りしてくる住人も多い。杢之助とて四月まえに、府内の両国から移って来たばかりだ。気になっていた佐平の以前も、すこしは判るかも知れない。

荷運び屋の修助が応えた。

「わしゃあ夫婦そろって四ツ谷から、もう十年になりまさあ。錠前直しの佐平さんは、もう五年ほどになりなさるんだなあ」

言いながら錠前直しの佐平に視線を向けた。また佐平を〝錠前直し〟と呼んだ。

修助はいつもそう呼んでいるようだ。

修助の女房はお駒といい、四十代なかばで健康そうな女だ。ときどき大八車のあと押しをしており、修助と一緒に木戸番小屋に立ち寄ったことも、すでに幾度かある。

「――ほうほう、夫婦そろって精が出なさるねえ」

と、李之助は荷運び屋の夫婦に好感を持ったものである。

このとき家族構成を聞きそびれた。女房どのがあと押しをするなら、息子か娘夫婦はいないのか、とふと思ったのだ。

修助が〝四ツ谷から〟と言ったとき李之助は、佐平の肩がピクリと動いたのを見逃さなかった。李之助は常に佐平の存在を気にとめているのだ。

訊いた。

「ほう、佐平どんも四ツ谷に係(かか)り合(あ)いがありなさるか。以前、住んでいたとか」

「い、いや。知らねえ」

佐平はいくらか慌てたように〝四ツ谷〟を否定し、

「わしゃあずっと独(ひと)り身(み)じゃから、ねぐらもあちこち自儘(じまま)に、な」

やはり、以前が見えない。それどころか、故意にはぐらかしている。

李之助は返した。

「そりゃあ佐平どんみてえに手に器用な技がありゃあ、どこに住もうとじゅうぶん喰っていけるだろうからなあ」

「ま、まあな」

佐平は返し、話題を自分からそらすように、

「で、修助どんは十年も車町で荷運び屋を？　お子はいねえのかい」

他意はない。つい話のながれからだった。

ところが、

「うっ」

修助は言葉につまり、

「いたさ」

言うと大きく息を吸い、

「昔はな」

修助のようすに、佐平はつぎの言葉をくり出せなかった。

李之助がその言葉の切れ目を埋めた。

「昔は？　四ツ谷からこっちへ家移りしたのと、お子がいたのと、なにやら関わりがありそうな。そうなのかい」

佐平のことは分からずじまいだが、修助については奥が見えてきそうなながれとなった。

ひと呼吸の間を置き、修助は言った。

「もうこの土地に十年、錠前直しの佐平さんともすでに五年の付き合いで、門前町の木戸番さんも評判のいい人で、実際に会ってみると、話は親身になって聞いてくれそうな人だし……」

前置きが長い。〝十年〟を語るのであれば、まだ短いかも知れない。四ッ谷からの家移りには、よくよくの事情があったと推測できる。

そのとおりだった。

修助は語った。

「十年めえでやしたよ。四ツ谷では、人も雇ってそこそこの荷運び屋をやっておりやした。男の子が一人、女房と一緒になって八年目にやっと生まれた子でして。五歳で、修太といいやした。あっしは仕事に出かけ、女房は所用で留守にしていやした。……くそーっ、そこへ人殺しの空き巣が入ったんでさあ。家にいたか遊びから帰って来たか、修太め、そやつとばったり鉢合わせ、刃物で心ノ臓を一突き

……」

「ううっ」

「うぐっ」

杢之助は息を呑み、佐平は逆に息を止めた。刃物を持っておれば盗賊が押入り、女子供に限らず家人がいて顔を見られたとき、とっさに前後の見境なく刺してしまう場合もある。十年まえ、せがれの修太は運悪く、その場に出くわしたようだ。

修助はひと呼吸の間合いをとり、言葉をつづけた。

「お宝は盗られていなかった。お役人の見立てじゃ、空き巣で殺しは考えてなかったコソ泥が、つい顔を見られて殺っちまい、恐くなってそのまま遁走こいたのだろう、と」

杢之助は無言でうなずいた。役人の見方は当たっていようか。

佐平のようすがおかしい。手や膝が小刻みに震えるのを、力を入れ懸命に抑えているようだ。語っている修助は気づいていないようだが、一緒に聞いている杢之助には、それがよく分かる。気づかないふりをした。

修助はつづけた。

「悔しいじゃねえですかい。空き巣かコソ泥か知らねえが、せがれを殺す理由なんざどこにもなかった。それが殺すだけ殺し、そのまま遁走たあ。くそーっ、いよいよ修太が浮かばれねえ」

「分かるぜ、その悔しさ」

「うううう」

李之助は言い、佐平は唸(うな)っていた。声が出せないのかも知れない。

修助はさらに言う。

「お駒は修太が殺された家に住みつづけるなんざと、毎日が半狂乱でさあ。そこで家移りを考え、いっそ四ツ谷を離れ、住んだことのねえ土地へと話し合い、それで高輪大木戸も出た府外へ。それが、この車町だったわけで」

「それで十年ですかい。お駒さんともども、いくらかは気持ちの整理もつきなすったろうなあ」

「ああ」

李之助が言ったのへ修助は応じ、

「だから十年めえのこと、訊かれたことでもありやすし、他人(ひと)さまに話す気にもなりやしたのさ。車町で修太の話をするのは、これが初めてでさあ。なにやら胸のつかえがとれたような。このあと家に帰(けえ)ってお駒に話しゃあ、きっとよろこんでくれやしょうよ」

そこへ唐突(とうとつ)だった。

「すまねえ。急な仕事、あったんだ」

佐平が腰を上げ、敷居を外へまたごうとした。

ともかく変則的だったが、修助のせがれ修太の話は、そこで中断した。

三

このあとも、突然だった。

「わあっ」

「おおっ」

佐平は敷居を外へまたぐなり動きをとめた。声は二人同時だった。門前町の通りから木戸番小屋に入ろうとした男と、ぶつかりそうになったのだ。

男は杢之助や佐平たちよりふたまわりほど若く、三十代なかばで、背に大きな風呂敷包みを背負っている。一見、なにかの行商人のようだ。いくらかひねくれた面構えだが見かけに反して腰が低く、

「あ、これは失礼いたしやした。突然、勢いよく飛び出して来なさるもんで」

風呂敷包みを背負ったまま腰を折り、詫びを入れると、

「へえ、錠前直しの佐平さん」

と、揉み手までする。

古着買いの権之市だった。佐平や修助とおなじ車町の住人である。

敷居の外でまだ腰を折ったまま、

「おもてを通りかかりやしたら、木戸番小屋の中に佐平さんと修助さんのお顔が見えやしたもので、こりゃあ挨拶をしておかなきゃと思い、番小屋へ足を向けたのでごぜえやす」

と、職人言葉で実に愛想がいい。

古着買いとは町場で家々をまわって古着を買い集め、常店を構えた古着屋に一括して卸す商いだ。なるほど外まわりの仕事なら、腰が低く愛想がいいのも商売道具の一つになるが……。

この日は近場で、泉岳寺門前町の家々をまわっていたのだろう。木戸番小屋の腰高障子が開け放してあったので、外からでも佐平に修助といった町内の年配の二人が見えたので、

（挨拶を）

と、思ったようだ。

つまり権之市は木戸番小屋に歩を進めたところ、思いがけなくも敷居のところで佐平とぶつかりそうになった。それほど佐平の動きが唐突で、かつ異常だったことになる。

佐平は腰を折る権之市に、

「なんだ、おめえかい。危ねえ」

と、ぶっきらぼうに言い、錠前直しの道具を入れた袋を肩に、権之市を避けるように腰をかがめて脇をすり抜け、おもてに出ると街道を車町のほうへ急いだ。

（どうしなすった、佐平どん）

杢之助は内心、首をかしげた。

佐平がすり切れ畳から腰を上げた挙措はあまりにも唐突で、まるで番小屋から逃げ出すように見えた。杢之助にはその理由はおよそ見当がついている。だが、権之市へのぶっきらぼうな接し方は、

（ありゃあなんだ。逃げるよりも避けているような……）

背をまるめ街道を急ぐ背に、思わざるを得なかった。

杢之助は権之市について、

（外面がいやにいいが、はたして内面は……）

と、関心を寄せていた。というより、元盗賊である杢之助の勘働きというか、おもてに微塵もあらわさないが、言葉にはできない胡散臭さを権之市に覚えていたのだ。

ほんの瞬間だったが、木戸番小屋に佐平、修助、権之市と、それぞれに仕事の異なる車町の三人がそろった。こんなことは初めてだ。だがいまは佐平が不自然に去り、五十代の修助と三十代の権之市の二人が残った。

権之市はまだ敷居の外に立ったまま、急いで去る佐平の背に視線を向け、

「佐平さんとちょいと話したかったんでやすが、どうもあっしを避けていなさるような」

一人つぶやくように言うと屋内に向きなおり、

「佐平の爺つぁんじゃねえ父つぁん、あっしのこと、なにか言ってやしたかい」

「いや、なにも。おめえさん、佐平どんになにか用でもありなさるか。だったらおなじ町内じゃねえか、直に訪ねりゃいいものを。まあ、ちょうど修助どんもいなさらあ。仕事の帰りなら、ちょいと休んでいきねえ」

杢之助はあぐら居のまま、佐平が腰を下ろしていたすり切れ畳を手で示した。権之市が佐平になにやら用がありそうな……、いささか気になるのだ。

「へえ、お言葉に甘えさせていただきやして」

と、また腰を折り、敷居をまたぐと背の風呂敷包みを脇に置き、すり切れ畳に腰を据えた。

「それじゃあっしもこれで」

と、腰を上げようとする修助に、

「えっ、修助さんにもお願えしてえんで」

権之市は引き止める仕草をし、杢之助も、

「ああ言ってなさる」

などと言うものだから、修助はまたすり切れ畳に腰を据えなおした。杢之助は権之市が佐平にいったいどんな用事があるのか、気になったのだ。一度気になると、それがひと呼吸ごとに拡大していくのが、悪しくも良くもいつもの杢之助の癖である。

権之市が上体を杢之助のほうへねじり、新たな三人が向かい合うかたちになったなかに、杢之助が言った。

「若え権之市どんが、還暦近い佐平どんにいってえどんな用がありなさるよ」

「へえ、そのことでさあ。木戸番さんからも修助さんからも、よろしゅうお伝えくだされ。お三方とも似たような歳勾配で、話もしやすいでやしょうから」

「だからなにをだい」

と、まるで杢之助のほうから訊くように、話は進んだ。さすがは外商いで鍛えた権之市の話術か。

はたして権之市は、杢之助の問いに応えるかたちに言った。

「あっしは古着買いでやすが、まえまえから佐平さんの錠前直しの技には敬服しておりやした。かんざしまで打ちなさる。通いの弟子入りがしてえんで」

「なんだって」

「えっ」

これには杢之助は驚き、修助も声を上げた。

権之市はつづけた。

「あっしが古着買いのかたわら、佐平さんの手伝いをして遣い走りもすりゃあ、佐平さんもあのお歳で、きっと助かろうと思いやすぜ、へえ」

「十二、三のガキじゃあるめえし。女房どののお克さんはどう言ってなさる。古着買いでも売りでも、行商をしてなさるお人らはいずれ自分の常店をと思ってるんじゃねえのかい。職種のまったく異なる錠前屋たあ、アブハチ取らずになるんじゃねえのかい」

杢之助が意見するように言ったのへ、修助が不意に、

「そりゃあだめだ」

断定するように言った。

杢之助としては、胡散臭い権之市にどんな魂胆(こんたん)があって、佐平に弟子入りなどと言っているのか見極(みきわ)めたかったが、話の中心は修助に移った。

修助は言う。

「あのお人はなあ、自儘(じまま)な独り仕事が好きなお人よ。なんで弟子みてえな面倒なものを取りなさろうかい」

「だ、だからよう、年寄り仲間のお人に口利(くちき)きを頼んでんじゃねえですかい」

「無理だ、あきらめねえ。木戸番さん、それじゃあっしもこれで」

言うと修助はさっきの佐平ほどではないが、さっさと腰を上げ大八車の長柄(ながえ)に入った。

「ちょっと待ってくんねえ」

権之市も腰を上げようとしたが、

「待ちねえよ」

杢之助は呼びとめ、

「古着買いってえ立派な仕事がありながら、なんで佐平どんに弟子入りしたがる。それにさっきも言うたように、おなじ町内に住みながら、自分で声をかけりゃいいじゃねえか」

「そりゃあ、かけやしたよ。したが、取り合ってくんねえんで。手先の器用な技があれば、向後(こうご)の生活(たつき)にいいこともあろうかと思いやしてね」

権之市は言いながらあらためて腰を上げ、風呂敷包みを担ぎなおした。説教じみた杢之助とのやりとりは苦手のようだ。それに杢之助の二つの問いに明確に応えている。杢之助としてはあらためて質(ただ)しにくい。この権之市なる男、頭の回転もけっこうよさそうだ。

杢之助はすり切れ畳の上から、

「またゆっくり来ねえ」

と、大きな風呂敷包みの背に声をかけた。

「へえ、また」

権之市はふり返って言う。まったく外面のいい男である。

すり切れ畳に、杢之助はまた一人になった。

まだ午間だが、波の音が大きく聞こえる。それを押し返すように、心ノ臓が激しく打った。さきほどの、この場を逃げるように去った佐平の所作である。すでに杢之助の脳裡に、ある仮説がかたちを成していた。それは限りなく不吉で、忌むべきものだった。

佐平が不可解な反応を見せたのは、修助が杢之助の誘い水で四ツ谷から高輪車町に家移りして来た理由を話し始めてからだった。

修太というせがれがいた。だが、いまはいない。

忘れられないその過去を忘れたいため、江戸府内から高輪大木戸を経た府外へ……。

それを話したのは、きょうが初めてだという。五年間、佐平が高輪車町に家移りしてからきょうまで、気づかなかったのも仕方のないことか。

杢之助は、とっさに修太を刺したのは、

(佐平どん、おめえさんだね)

すでに確信している。

きっかけはむろん、修助が〝せがれ修太〟を話しているときの、佐平の尋常とは思えなかった反応である。

そこに気づいたとき、杢之助の脳裡にはもう一つの根拠が、人知れず頭をもたげていた。

十年まえといえば、杢之助が大盗白雲一味を壊滅させ数年を経た時期でもある。そのころ一人働きの盗賊で〝錠前開けの仁平（にへい）〟というのがいた。きょうその名を、まったく久しぶりに思い出したのだ。

そやつは錠前開けの名人だった。どんな錠前でも自前（じまえ）の釘一本で開けた。そこを見込まれ、徒党を組んだ盗賊団から大仕事のとき、よく助（すけ）っ人（と）を頼まれていた。杢之助の白雲一味は自前の錠前開けを抱えていたから、仁平に助っ人を依頼したことはなかった。だから杢之助はその者の年齢が自分とおなじくらいらしいとだけ聞き、面（つら）を見たことはない。

修助は佐平を〝錠前直しの佐平〟さんと呼んでいる。〝錠前開けの仁平〟——似ているではないか。

いま杢之助はすり切れ畳の上に一人である。心ノ臓が高鳴る。十年まえのその場面を杢之助は想像した。盗賊が盗賊の所行（しょぎょう）を想像するのだ。どんぴしゃりとまではいかなくとも、そう外れてはいまい。それは当時、実地を検分した役人の見方ともおなじだった。

佐平が十年まえのそのとき、四ツ谷界隈に住んでいたか、他所からたまたま来ていたのか、それは分からない。分かることは、一人働きの盗賊は自儘にどの家にでも目串を刺し、間取りは事前に建物の外観から見当をつけ、夜に忍び込む。錠前開けに苦はない。

明るいときに偵察に来て、たまたまそこが留守だった。周囲の状況さえ許せば、もっけのさいわいと空き巣狙いを決め込む。よくあることだ。それでお宝を得られれば御の字ではないか。

ところが家の者が帰って来た、あるいはいないはずの家人がいたとなればどうなる。ましてそれがとっさのことであれば、瞬間的に冷静な判断力を失う。これは杢之助のような熟練の者でも変わりはない。だから杢之助はそうしたときの恐ろしさをよく知っている。

このとき一人働きの錠前開けが目串を刺したのが、人足以外に奉公人のいない、大ぶりでもない荷運び屋だった。

入った。まだ陽が出ている時分だった。一人の家人と錠前開けは、最悪の事態に遭遇した。家人は男の子だった。家の中にいたのか外から帰って来たのか、それはどちらでもよい。ともかく男の子は突然の恐怖から大声を上げようとした。錠前開けは転瞬われを失い、刺してしまった。

これまで押入っても仕事が錠前開けでは、殺しは初めてだったに違いない。その小さな身は吹き飛んで崩れ落ち、動かなくなった。即死だ。血ばかりが流れ出る。小さいとは感じていたが、なんと五歳くらいの子ではないか。

ただ動顚し、全身が震え、もうお宝どころではない。

逃げた。その場からだけではない。

殺した当人も、精神上の大きな傷を負った。相手が抗う術も持たない幼児であれば、その傷は深かった。町でおなじくらいの子を見るたびに、男の子、女の子に限らず心が苛まれた。その苦しみは、他人さまのお宝を掠め盗る盗賊稼業への反省と、いつか露顕ないかと怯える日々の苦しみをはるかに増した。

生きていることが恐ろしく、ねぐらを幾度も変えた。あたりまえのことだが、どの土地にも子供はいる。落ち着かない。江戸中を転々とした。さいわい手に錠前直しの職があり、喰うことはできた。もちろん一人働きからは足を洗い、盗賊一味からの誘いも断った。

だが、手足のうずくこともある。そのたびに幼児を刺したときの感触がよみがえった。そのことが、佐平という錠前直しを、錠前開けの道に戻さなかったのだ。それでも落ち着かず、江戸から逃げるように、東海道の高輪大木戸を出た。大木戸を出ると、江戸を出た思いになり、多少の安らぎを得た。

錠前直しで喰うには、あまり辺鄙な地には住めない。高輪大木戸を出てすぐの町場に手ごろな棲み処を得た。それが高輪車町で、五年まえのことだった。海浜に弁財船などの船寄せ場があり、だから町には陸揚げされた荷を運ぶ荷運び屋が多く、それで車町との町名がついたという。

佐平はその町で錠前直しやかんざし打ちをしながら、鍵開けの技で他人さまのお宝をいただいていた以前を悔い、ひたすら詫び、発覚することを恐れる日々を送った。

その姿勢が、杢之助には感じ取れたのだ。それは十年まえの幼児殺しを、佐平と断定するのと同時だった。その瞬間に、さらに杢之助は断定した。

(佐平どん。おめえさん、悪党なんかじゃねえ。善人さね。だから畏れ、反省し、苦しむのさ)

同時に佐平の同類として、修助とお駒の夫婦に申しわけない気持ちになった。だがこのことを、修助お駒夫婦に覚られてはならないこともわきまえている。話せない。杢之助の苦しみが、ひとつ増えた。

「木戸のおじいちゃーん。街道に雨が降って川が渡れなくなったら、旅のお人らどうなるのー」

「また遠い土地土地の話、聞かせてーっ」

町内の子供たちが泉岳寺の手習い処から帰って来たか、門竹庵のお静を先頭に、五、六人の町内の子たちが木戸番小屋に飛び込んできた。三和土に草履や下駄が散乱し、すり切れ畳は満員となる。

「おうおう、きのうは雪国の話じゃったなあ。きょうは大井川のつづきにするか」

杢之助は語り始める。全国の街道を走った身に、諸国話のタネは尽きない。子たちが聞き入るなかに話す。

それは杢之助にとって、すべてを忘れてこの町に住んでいることを実感する至福のひとときだった。

四

翌日、陽が中天にかかるにはまだ間のありそうな時分だった。

足音が腰高障子に近づき、

「いなさるようね」

「そりゃあ、まだこんな時分だから」

言っているのが聞こえた。

通りすがりにちょいといった雰囲気ではない。明らかに木戸番小屋を訪ねて来た風情だった。

朝のことで、腰高障子はまだ開け放していない。

門前町の住人なら、声だけでその顔が浮かぶのだが、

(はて、誰だろう)

杢之助はすり切れ畳に軽く腰を浮かした。

障子戸に映った影は二つだ。

すり切れ畳の上から障子戸に声をかけた。

「番小屋(ここ)に遠慮などいりやせんぜ。さあ、開けて入(へえ)りなせえ」

「は、はい」

「やっぱりいなさる」

また女の声が聞こえ、腰高障子が動いた。

「なんでえ、車町のお駒さんと、そちらの若えお人、たしかお克さんだったねえ」

と、荷運び屋の修助の女房と、一度向かいの日向亭翔右衛門から引き合わされたことがある、権之市の女房だった。それぞれの亭主の歳に合い、お駒は顔にも五十路に近い皺を刻んでおり、お克は三十路そこそこで、お駒とならべばずいぶん若く見える。だが、活気がない。

お千佳の話では、日向亭の通いの女中になる話があり、翔右衛門と女房お松の目通りに来たことがあるらしい。その後その話は聞かない。茶店の女中は三十路でもいいが、お千佳のように明るくなければならない。おそらく女房のお松が不可の判断をしたのだろう。女の値踏みに、女はなかなかに厳しいのだ。

いまのお克のようすからも、それはうなずける。腰高障子の外で、お駒の背後に隠れるように立っている。前向きなところが感じられない。

「きのうはおめえさんらの旦那衆がここへ来なすったが、きょうはその女房衆が二人そろって、どんな風向きでやしょう。さあ、ともかく入りなせえ」

手で中を示す杢之助に、四十代なかばのお駒が、

「はい、お言葉に甘えさせてもらいまして……」

言いながらお克をうながし、一緒に三和土に立ち、

「いえね、門前町の住人のお方から、ここの木戸番さんは町場の斬った張ったの喧嘩から、住人の夫婦喧嘩まで仲裁し、まあるく収めてくださると聞いたもんですからね」

実際にそうなのだ。町役の手に負えない路上の与太者の喧嘩でも、杢之助がうまくなかに入って収めたのを、もう門前町の住人は幾度か見ている。高輪は府外であり、杢之助の恐れる町奉行所の手は入らないが、事件によっては火付盗賊改方、略して火盗改が出張って来ることになる。

町奉行所も恐ろしいが、火盗改はさらに乱暴で、与力や同心のなかにはどんな目利きがいるか分からない。杢之助が盗賊の世界から足を洗ってすでに十年余が経つとはいえ、かっての臭いから、

（こやつ）

と、勘づく者がいるかも知れない。ともかく町奉行所や火盗改の役人を、町に入れないに越したことはないのだ。

高輪の門前町や車町で大きな事件が発生すれば、出張って来た役人は木戸番小屋を詰所にし、木戸番人の杢之助が案内人に立つことになる。そこは町奉行所と変わりはない。数日、与力や同心と行動を共にする。思っただけでも、

（いけねえ、ぶるるるっ）

と、杢之助は全身に震えを感じる。

町内の夫婦喧嘩であっても、放っておけばいかなる重大事件へ発展し、役人を町に呼び込むことになるかも知れない。夫婦喧嘩の仲裁も、そうした最悪の事態になるのを事前に防ぎ、町の安泰を保つためである。

杢之助はお駒の言葉から、

（権之市め、やはり外面に気を遣っている反動が内面の悪さとなってあらわれ、女房のお克さんがそれをモロに受けているってことかい）

即座に推測した。

お駒がお克をともなって木戸番小屋に足を運んだのは、

（きのう亭主連中が番小屋に来たのを家で話題にし、それがきっかけになったに違えねえ）

と、そのとおりだった。

「あたしも木戸番さんのことはよく聞き、そのうち相談にと思っていたのです」

権之市の女房のお克が言えば、修助の女房のお駒も、

「うちの亭主はまだ大八車と一緒に家にいますが、お克さんのことが気になってち

ょいと寄ってみると、旦那はすでに出かけお克さん一人だったので、木戸番小屋の話をし、一緒に来たってわけなんですよう」

「ほう、そうかい。で、どんな相談ごとで……？　そんなとこへ突っ立ってたんじゃ話はできねえ。ま、座んねえな。きのうは修助どんも権之市どんも、そこへ座っていきなすってな」

と、杢之助はすり切れ畳を手で示した。きのうのこの場での異常な光景を話す必要はない。ただ亭主たちも番小屋に座っていったと話せば、女房連中も落ち着いて話しやすいと思ったまでだ。最初にそそくさと帰った佐平は独り身だから、きのうの木戸番小屋でのことは、誰にも話していまい。

案の定、二人の女房は、

「それじゃあ」

と、すり切れ畳に腰を据え、二人そろって上体を杢之助のほうへねじった。

顔ぶれは珍しくないが、女房連中が二人で杢之助を訪ねて来るのは珍しいというより、初めてのことだった。

そこへすこし開いていた腰高障子を外からさらに引き開け、

「日向亭の旦那が、木戸番小屋のお客さんは日向亭のお客さんのようなもんだからって。お茶を淹れて来ましたよ」

お千佳が盆に急須と三人分の湯呑みを載せ持って来た。実際に翔右衛門にそう言われたのだろう。翔右衛門も木戸番小屋のすり切れ畳に上がり込み、杢之助と話し込むことがよくある。そのたびにお千佳が木戸番小屋を茶店の一室のように茶を運んで来る。いまもその一環である。

お千佳は三和土に立ち、

「あらあ、車町のお克さん」

と、中に入るまで〝お客〟は誰か見ていなかったようだ。

お克も、

「あら。えっ、お茶、ありがとう」

と、いくらか気まずい雰囲気になり、お千佳はすぐに、

「では、ごゆるりと」

と、敷居を出ると外から腰高障子をカシャリと閉めた。

杢之助には、権之市の女房お克がお駒にうながされ、なんの相談に来たかほぼ見当はついているが、

「さあ、言ってみねえ。力になれればいいんだがなあ」

と、お駒とお克の顔を交互に見た。話しやすくするための誘い水だ。

仲介役らしくお駒がそれに乗り、話し始めた。

「いえね、木戸番さんが門前町の番小屋に入りなさるずっと以前からなんですよ。けさも行ってみると、お克さん、ほれ、右のこめかみにアザが。きょうに限ったことじゃなくて、もう体じゅうあちこちに」

お克は右のこめかみを杢之助に見せる仕草をし、

「ここも」

と、左の袖を二の腕までめくって見せた。

確かに右のこめかみには殴られた跡があり、左腕には、

「これは！」

と、明らかに固い棒のようなもので強く打たれたアザが、いくつもついていた。

この分ではお克は体中に、

「はい。じっとしていても痛いほど、あちこちに」

「うーむ」

杢之助はうなった。

お克は言う。

「このままではあたし、殺されてしまいます」

実態は杢之助の想像以上のようだ。

つき添いのお駒がまた言う。

「ご亭主の権之市さん、仕事は古着買いだけじゃないみたいで」

「えっ。どういうことですかい。ほかになにか？」

杢之助は緊張した。

外でみょうに物腰のやわらかい者ほど、内ではその逆で女房に暴力を振るう。人の出来があまりよくない、困った男だ。どの町でもそうした者が一人や二人はいる。となり近所が見かねて町役に相談し、町ぐるみで対処するということもよくある。木戸番小屋に杢之助が入った町では、杢之助が率先して対処し、事件にならずまるく収めている。

こたびの権之市の件も、その類と杢之助は見立てていた。だが、お克とお駒の相談は、その程度ではなかった。

「ほんとに、ほんとに殺されるかも知れないのです」

言いながら当人のお克はすり切れ畳に腰を据えたまま、杢之助のほうへにじり寄った。切羽詰まっているようだ。

つき添いのお駒も言う。

「だからといって、町役さんに相談するのは、かえって危ないのです」

町役はお上につながっている。

「さっきお駒さんがチラと言いなすった、古着以外の仕事のことですかい」

「は、はい」

「木戸番小屋は自身番とおなじで町のお抱えでやすが、木戸番人はお上の差配は受けておりやせん。なにかを話したからって、御用提灯に六尺棒が町に入って来る心配などありやせん。おめえさんらの話、詳しく聞きてえ」

下手を打てば、役人が町に入って来ることになるかも知れない事態が、いま車町に進行していることを杢之助は感じ取った。

「さあ」

再度うながすように、お駒とお克に視線を向けた。

お克の唇が動いた。

「うちの亭主、古着買いのほかに……、やってます。でも、それがなにか、分からないのです。知れば、殺されるんじゃないか、と」

「だから、どんな……」

問いを入れたのは、つき添いのお駒だった。お駒もお克の恐怖をともなう悩みに気づいていても、その内容までは知らないようだ。少なくとも、李之助が予測したような、内弁慶の暴力沙汰などではない。もちろん、それもなんとかしなければならないのは確かだが……。

李之助は言った。

「安心しなせえ。さっきも言いやしたように、番小屋で聞いたことは、他所へ洩らすことはありやせん。ましてお上の筋になどにゃ」

「そうですよ、お克さん。だからあたしゃさっき、門前町の木戸番小屋にって言ったのさ。さあ」

お駒もお克を見つめ、目でさきをうながすとともに口でも言う。

ふたたびお克の唇が動いた。

「ときどき来るんです。一人のときもあれば、二人のときも……。そのとき、決まってあたしをのけ者にし、ひそひそ話を」

「どんな……？　一端でも、こぼれ聞いたことはねえかい」

「商家の家の間取りがどうのなどと、そんな話を……。奉公人のお人らから古着を買い取るのに、座敷や居間や蔵の位置など、どうでもよさそうなものなのに、すごい真剣な顔で。あたしが近づくと、亭主もお客人もすごい顔で睨み、それでつい外へ……。そのあといったいなにを話しているのやら。訊いただけで、亭主は怒るのです」

「いつごろからで？」

「一年以上もまえから。頻繁になったのは最近、ここ二月か三月のことです。だからもうあたし、このさきが恐くって。亭主の権之市、誰か得体の知れないお人と組んで、世の中に逆らうようなことをしているんじゃないか……、と」

「ふむ」

杢之助はうなずいた。お克の勘のよさに対してである。

すでに杢之助は、権之市が〝得体の知れない〟男たちとなにを話しているか、見当がついていた。

きのう佐平が木戸番小屋から逃げるように離れたとき、修助だけでなく確かに権之市も避けていた。

（そうか。佐平どんもそこに気づいていたから、権之市との接触を嫌って、いや、警戒していたか）

当人のお克の話を聞きながら、杢之助はそこまで脳裡にめぐらしていた。

内弁慶の暴力沙汰も放ってはおけない。杢之助にとっては、それも解決しておかねばならない町内の問題なのだ。さらに権之市が、お克の話から杢之助の予測したことを前段階の準備だけでなく、すでに一回でも実地を踏んでいたなら、それこそ大事（おおごと）である。

「木戸番さん、なにか分かったことでも……？」

つき添いのお駒が上体を前にかたむけ、杢之助の顔をのぞき込んだ。お駒はことの重大さにまだ気づいていないようだ。当人のお克も、お駒とそこまでは話していないのだろう。なにぶんお駒はけさがた、お克を木戸番小屋にと思ったばかりなのだ。話し込む時間的余裕はなかったはずだ。

「ああ。言っちゃあなんだが権之市どんなあ、大変（てえへん）なことに手を染めてしまったのかも知れねえ。あ、まだはっきりとは分からねえ。ま、勘違（かんちげ）えってこともあらあ。そうあって欲しいんだがなあ」

杢之助は大きく息を吸い、

「ともかく、もう少しようすを見てみてえ。お克さん、しばらく旦那を見守っていてくんねえか。くれぐれも差し出がましくならねえように。相手がおめえさんを警戒しはじめたなら、権之市どんならずともそのお仲間の人が、ほんとうにおめえさんを始末しようと考えるかも知れねえ」

「ええ！　殺し手が旦那じゃのうて、そのお仲間!?　ますます危ないっ」

つき添いのお駒が驚きの声を上げたのへ、当人のお克は、

「うちの亭主、やっぱり！」

深刻さを通り過ぎ、蒼ざめた。

李之助はつづけた。

「儂の目に狂いはねえと思うが、もう少し詳しく見てみなくちゃならねえ。権之市どんの動き、もっと詳しく見て、変わったことだけじゃねえ、逐一知らせてくんねえ。とくにお仲間にどんなのが来たか……」

「は、はい」

いよいよ蒼ざめるお克に、

「だがよ、無理はいけねえ。さりげなく……だ。なあに、長くはねえ。ここ二、三日だ。うまく乗り切ってくんねえ」

李之助はすでに、事態に切羽詰まったものを感じていた。

つき添いのお駒も、来たとき以上に深刻な表情になっていた。

（きのうの亭主たちがきっかけになり、きょうお克さんをせっついて連れて来てよ

かった）

そう思っているような顔つきになっていた。

実際、そのとおりなのだ。

五

「なんだか、深刻なごようすでしたねえ。車町のお二人さん」

お駒とお克が、来たときよりもひきつった表情で帰ってからすぐ、お千佳が湯呑みの盆をかたづけに来た。

「門前町の木戸番さんに頼めば、それだけで安心できるからって言いながら帰って行きましたよ」

お千佳は言う。おそらく木戸番小屋を出てから、つき添いのお駒がお克を励ますように言ったのだろう。

「ああ、どの町にも悩みを抱えたお人はいなさるもんだ。あの二人もな。で、翔右衛門旦那はいまいなさるかい」

「ええ、旦那もさっきのお二人が来たときと帰るときのようすを見て、あとで木戸番さんに内容を訊きたいと言っていました」

「ほう、そうかい」

と、杢之助は日向亭の翔右衛門が、車町のお駒とお克が木戸番小屋に来たことに関心を寄せていることを知り、心強く思った。

なにしろ翔右衛門は、商舗（みせ）の立ち位置から車町と門前町の町役を兼ねており、二つの町にも杢之助にとっても、貴重な存在になっているのだ。

もちろん杢之助は門前町も車町も、どちらの町役たちとも懇意にし、信頼も得ている。

（しかしここは一つ、話をできるだけ小さく収めるため、相談相手は翔右衛門旦那お一人に絞らせてもらおう）

すでに意を固めている。

お千佳が腰高障子を外から閉めてすぐだった。

「木戸の開け閉め以外に、また住人がお世話になっているようだねえ」

皺枯（しわが）れた声とともに腰高障子がふたたび動いた。翔右衛門だ。

どの町でも木戸番人の仕事といえば、木戸の朝晩の開け閉めと、他所（よそ）から町を訪ねて来た人の道案内くらいだ。なかには木戸番人に、小遣い銭で遣（つか）い走（ばし）りの仕事をさせる町内の商家もある。木戸番小屋は町の町役たちの運営で、木戸番人は町に雇われているのだ。それを思えば木戸番人を奉公人のように扱う商家があっても不思議はない。

そうしたなかに、町役が木戸番小屋に木戸番人を訪ねるなど、杢之助の入っている町なればこそのことである。これまで四ツ谷左門町でも両国米沢町でもそうだった。

翔右衛門は杢之助に〝木戸の開け閉め以外に〟と言い、〝住人がお世話に……〟とも言った。そこに町の町役たちの、杢之助への信頼感が凝縮されている。杢之助の入った町は、十手をかざした役人が奔走する事件とは、およそ無縁のものとなるのだ。

街道に暖簾を張る翔右衛門は、車町のお駒とお克がそろって深刻な表情で杢之助を訪ね、さらに困惑したようすで帰ったことに、防がなければならない事件の兆候を嗅ぎ取ったのかも知れない。

お駒とお克の亭主たちはそれぞれに、街道に出て他所をまわっているのだ。本来の仕事以外に、いつどこでなにとどう係り合っているか、町内に居座っている者には分からない。

「これは旦那。いま儂のほうから行こうかと思っていたところでさあ」

杢之助は腰を浮かし、すり切れ畳を手で示した。町役の訪ねて来たことに恐縮し〝むさ苦しい所ですが〟と言いたいところだが、それは言えない。木戸番小屋は町役たちの運営で、木戸番人はその雇用人なのだ。

翔右衛門は畳のすり切れているのには触れず、

「木戸番さんに番小屋へ入ってもらってこのかた、町にも静かさが戻ってきましたわい。ありがたいことです」

言いながら三和土に両足を置いたまますり切れ畳に腰を据え、杢之助のほうへ上体をねじった。

『さあ、雪駄を脱いでお上がりくだせえ』

いつもなら言うのだが、こたびの権之市の件については、その疑惑がまだ明確ではない。だからいま木戸番小屋で翔右衛門と、どこまで話が進められるか分からない。

『旦那も、気をつけておいてくだせえ』

だけで終わるかも知れない。

すり切れ畳に腰を据えただけの翔右衛門に、

「お駒さんが心配して、お克さんを此処へ連れて来なすってね」

李之助は話し始めた。

「お茶をお持ちしました」

と、また腰高障子を開けたのはお千佳だ。翔右衛門が木戸番小屋に入っているとき、そこはお千佳にとって日向亭の一室となる。

翔右衛門がいつもと異なり、すり切れ畳に上がり込まず腰を据えただけなのに不思議そうな顔をし、二人分の湯呑みを盆ごとそこに置いて退散した。翔右衛門に言われない限り、お千佳が話に加わることはない。

腰高障子が外から閉められるのを待っていたように、

「二人がそろって来たときにゃ、相談ごとはてっきり権之市どんの内弁慶の件だと。なにしろ権之市ときた日にゃ、外面がよすぎて世間さまにも腰が低いもんでやすから、その反動のとばっちりがお駒さんに……」

「ほう、やはりその相談を木戸番さんに」

翔右衛門も早トチリしたようだ。〝やはり〟と言ったように、翔右衛門も車町の町役を任じているせいか、権之市の内弁慶ぶりを知っているようだ。

「旦那、ご存じでしたか」

「話には聞いていましたよ。権之市はどうもまともな人間ではなさそうですからねえ。私から一度木戸番さんに相談しなければと、思うておりましたのじゃ。それがきょう女房どののお克さんが、お駒さんと一緒に来た。話は一つしか考えられないじゃないですか。大きな事件に発展するまえに、町内でなんとかしなきゃあと、まえまえから思うておりましたのじゃ」

「さすが翔右衛門旦那、以前から気にかけておいでてでしたかい。儂もお駒さんとお克さんの顔を見たときにゃ、てっきり権之市の内弁慶の件だと思いやして。ところが、聞けば話は……」

「ほう、違う(ちご)ておりましたか」

「へえ。権之市の内弁慶もさりながら、予想が当たっておれば、車町にも門前町にも火盗改の十手が入り、さしずめこの番小屋などは与力や同心の詰所に。むろん、旦那の日向亭さんも」

「ふむ」

翔右衛門はうなずき、驚かなかった。むしろ落ち着いた表情で、

「権之市が他所(よそ)の得体の知れない者とつるみ、そやつらをこの町に入れていると、その件ですかな」

「えっ、旦那。お気づきだったので⁉　いつごろから？」

杢之助はそこに驚き、

「なにかつかんでおいでで⁉　そやつらの背景を？」

翔右衛門のほうへ上体をかたむけた。

「訊きたいのはこちらですわい。とくにここ数日じゃ。木戸番さんまでそこに目を向けた。もう尋常ではありませんなあ。ふむ、ふむふむ」

と、自分でもあらためて考えるように言い、三和土に置いていた両足を上げ、すり切れ畳に杢之助と差し向かいのかたちにあぐらを組んだ。

杢之助はあわてて湯呑みの載った盆を引き、翔右衛門が落ち着くのを待ち、二人のあいだに押し戻した。

翔右衛門が木戸番小屋に来たときの、いつものかたちが出来上がった。

「聞かせてくだせえ、旦那。いまこの町は権之市のおかげで、のっぴきならねえ事態に追い込まれようとしているのかも知れやせん」

「あるいは、もう追い込まれている……」

翔右衛門は困惑の表情になり、

「お克さんたちの話、いったい如何(いか)ような」

と、上体を前にかたむけ、杢之助の皺を刻んだ顔をのぞき込んだ。

杢之助は応えた。

「へえ、権之市め、ちかごろ古着の売り買いには縁のなさそうな、気になる野郎どもと付き合い始め、儂は会ったことねえのでやすが、お克さんの話じゃ、そやつが来た日にゃお克さんに分からねえようにヒソヒソ話だとか。いずれかの商家の間取りの話をしていたこともあるとか。そこに興味を示そうものなら、へえ、お克さん、蒼ざめた表情で言っておりやした。〝殺される〟かと思うような目つきで、睨み返され……と」

杢之助はお克やお駒の話を、加減を加えることなくありていに話した。話に細工があったのでは、相手側からも脚色のない話を聞き出せないことを、杢之助はよく心得ているのだ。

「ふーむ」

翔右衛門は困惑のうめきを洩らし、

「最近じゃが、それらしい男がときおり日向亭の茶店にも来ましてな。ほれ、権之市とそこの縁台に座ってなにやら話し込むことがときおりありましてなあ」

「ふむ」

と、これには杢之助は得心したようにうなずいた。

権之市はあくまで車町の人間であり、知り人が来たからといって街道の茶店で奥の部屋を取っていたなら、かえって不自然で店の者の注目を惹くことになる。ありきたりの往還の縁台に座るほうが自然で、誰の注視も惹かないだろう。

（そこまで権之市は考えている）

翔右衛門も杢之助も、そのように思った。

縁台に他の客がいたときに、権之市はそのお仲間を家まで連れて来て、お克の目を盗みながら話し込んでいたのだろう。

翔右衛門は言った。

「断片的じゃが、お千佳がそのときのやりとりを聞いておりましてな。それがさっき木戸番さんの言いなすった、いずれかの商家の間取りのような話でしてな。気になっておりましたのじゃ。木戸番さん、ご存じかな。大掛かりな盗賊というのは、事前に目串を刺した商家や屋敷の間取りを詳しく調べる、と。以前、火盗改のお役人から聞いたことがありますじゃ」

「ああ、それなら儂も、飛脚のときいずれかで聞きましたじゃ」

杢之助はさりげなく返した。だが内心は、

（やはり）

と、極度の緊張を覚えていた。

権之市は押込み先の調べ役として、

（賊の一人）

に、なっていたのに相違ない。

（どうする）

町内から盗賊の片割れを出したりすれば、翔右衛門など町役たちもタダでは済まない。木戸番人の杢之助とてそうである。

考えた。

数呼吸で結論を出した。

「旦那、ここは一つ、事を大きくしねえためにも、あくまで旦那と儂で収めるように……」

「できますのか、そんなことが」

「いまなら間に合いまさあ。やってみやしょう」

「ふむ」

翔右衛門はうなずいた。顔には緊張の色を刷いている。

その表情で翔右衛門は言った。

「縁台といえば、お千佳がヒソヒソ話をどれだけ聞いているか、まだ詳しく聞いておりませぬゆえ」

お千佳は愛想がよく明るい娘であれば、外に出ているだけで店の評判は上がる。客も内密の話であっても、そのような小娘を警戒したりはしない。もちろんお千佳は心得ており、客の話に聴き耳を立てたりはしない。だからなおさら、客の話は耳に入りやすいのだ。

翔右衛門はすり切れ畳の上で、茶店の部屋にいるように手を打ち音を立てた。いま木戸番小屋は、茶店の一部になっている。

すぐだった。

「なんでしょう」

腰高障子が外から開けられ、空の盆を小脇にしたお千佳がそこに立っている。

「あら」

と、小さな声を洩らした。最初にお茶を運んだとき、翔右衛門はすり切れ畳に浅く腰を下ろしただけだったのが、いまは上がり込んで杢之助と向かい合わせにあぐらを組んでいる。

翔右衛門は三和土に立ったお千佳に言う。

「車町のほれ、古着買いの権之市どんさ。ここんとこ立てつづけに来て、おもての縁台に座って行ったと言っていましたねえ」

「はい。あたしがお茶を出したのは二度ほどです。お二人のときとお三人のときでした。真剣な表情で話し込んでおいででした」

「内容は」

問いを入れたのは杢之助だった。

「はい。旦那さまにも話しましたが、どこかのお家のお座敷と居間がどうで、お蔵は中庭の奥などと、普請の話だったんでしょうかねえ」

「ということです」

翔右衛門は言い、

「ああ、うしろの障子戸、閉めなさい」

「は、はい」

お千佳は怪訝な表情で障子戸を閉めた。重大な話などとは思っていないようだ。

まだ三和土に立ったままのお千佳に、翔右衛門は言う。

「きょうのお駒さんとお克さんのことだがね、おまえが聞いたのとおなじことを木戸番さんに話し、心配だと言っていたらしいよ」

「お家の間取りがですか」

「そういうことになります。それがいずれのお家か、私もまだおまえから詳しくは聞いておりません。木戸番さんも心配していてねえ。詳しく話してみなさい」

「は、はい」

お千佳はようやく緊張気味に応じ、三和土に立ったまま話し始めた。

もちろんお千佳は縁台の横に立って聞いていたのではない。話は断片的だった。

それでも、

「間取りの話、門前町の坂上の門竹庵さんじゃないかと思います」

「なんだって！」

思わず杢之助は声を上げた。

門前町の坂上、泉岳寺の山門前である。その地に暖簾を張るのは、竹細工の門竹庵であり、亭主の細兵衛は門前町の町役総代であり、その妹のお絹が杢之助を門前町の木戸番人に呼ぶきっかけとなったのだ。杢之助とは切っても切れない係り合いがある。それは翔右衛門もよく知っている。

権之市が盗賊の一味だとすれば、狙っているのはその門竹庵……!?　杢之助と翔右衛門はお千佳を凝視した。

お千佳はそれらの視線に戸惑いを見せたが、理由はまだ分からないものの、自分がなにやら町にとって重大な話をしていることを自覚した。

お千佳は権之市たちの話を断片的にしか聞いておらず、〝門竹庵〟の名が権之市たちの口から出たとも言っていない。だがお千佳は、

「門竹庵さんは店場の奥が居間で、お座敷はその奥にあり、お蔵はお座敷と中庭を挟んでいることは、あたしも知っております。何度か上がりましたから。そのとおりの間取りを、権之市さんはお仲間の方に話しておりました。なんなんでしょうねえ。普請の話は聞いておりませんが。きのうも権之市さん、坂上から下りて来て、その足で木戸番小屋に寄られたのですよ」

杢之助はうなずいた。確かにそうだったのだ。

お千佳の言葉はつづいた。

「ちかごろ権之市さん、よく坂上に足を運んでおいでのようです」

「そのとき、日向亭の縁台で話していた仲間らしい人じゃが、一緒だったかな」

「いえ、それは見ておりません」

翔右衛門の問いにお千佳は返した。

「ふむ」

李之助はうなずいた。見ていないことは知らないと明確に言う。だからお千佳の話は信用できるのだ。

「引きとめてしまった。役に立ちましたよ。さあ、もうお商舗(みせ)に戻りなさい」

「は、はい」

翔右衛門に言われ、お千佳はきびすを返した。

「あ、そうそう。このこと、誰にも言わないように」

「はい」

亭主に口止めをされ、お千佳は瞬時、身を強張(こわば)らせた。

六

腰高障子が外から閉められた。

ふたたび木戸番小屋は、李之助と翔右衛門の二人となった。

「聞いてのとおりじゃ。いかがかな、お克さんの話とのかね合いは」

「かね合いというより、両方合わせれば、儂の見立てに間違(まちげ)えのねえことが、はっきりしましたじゃ。当たって欲しくはござんせんでしたが」

翔右衛門の言ったのへ杢之助が返す。

すり切れ畳の上で、さらに話はつづいた。

「さよう」

翔右衛門が返す。

「木戸番さんの話のとおり、権之市が盗賊の仲間で、押込む先の間取りから家族構成、奉公人の有無などを調べる役目を担っているのは、もう否定できませぬな。しかも次に狙っている商家が門前町の町役総代の門竹庵さんとは。お千佳の勘のよさを褒めてやるべきか……。もう驚きの極みですじゃ。で、木戸番さん、この始末はいかように。門竹庵さんに知らせますか？」

「それはすこし待ってくだせえ。さっきから儂、お千佳坊の話を聞きながら、結末を考えておりやしたじゃ。狙った先が門竹庵さんだったなんざ、この驚き、お千佳坊に勘づかれねえよう、懸命に堪えましたじゃ」

「私もお千佳に、他言無用と言っておきましたが、それでよかったですかな」

「もちろん。お千佳坊はまだ権之市どもの企みに気づいていねえようでやすから、それでいいのです」

「といいますと？　木戸番さん、なにか算段がおありか」

「へえ。ありやす」

「ほう。いかような」

翔右衛門は膝ごと前へにじり出て、ふたたび杢之助の顔をのぞき込んだ。

杢之助はあらたまった表情になり、

「旦那、儂の話をよう聞いてくだされ。一番いいのは、門前町にも車町にもなにごともなかった……、そのように収めることじゃござんせんかい」

「だから、いかように」

「へえ、ここからが肝心で。方途は一つ」

「うむ」

翔右衛門はさらに上体を杢之助に近づけ、杢之助はいっそう声を落とした。

「権之市はみずから招いた悪であり、これは救いようがありやせん」

「だから……？」

「仕方ありやせん。熟慮の末です。門竹庵のお人らを救うため、町から重罪人を出して町役さんたちが咎められるのを避けるため、消えてもらいやす。最初からとなり町に、いなかったことにさせてもらいやす。もちろん、よそ者の仲間とやらも一緒にです。そやつらがいなければ、門竹庵に押込む企て（くわだて）も端（はな）からなかったことになりやしょう」

そしてなによりも、自分自身に火の粉がかかるのを防ぐためである。杢之助には苦汁の決断であった。

「木戸番さん」

翔右衛門は確認するように、また杢之助の表情をのぞきこんだ。杢之助の手にかかり、この町からというより、この世から人が消えた事例を、すでに翔右衛門は勘づいているのだ。

「はい」

杢之助は翔右衛門の視線にさらりと返し、

「さようにすれば、火盗改のお役人衆が十手を片手に、車町や門前町を徘徊（はいかい）することはござんせんでやしょう。町にゃ、きのうの平穏がつづくことになりやす」

「ううっ」

「そのためにも、こたびの件に最初から関与するのは、くどいようでやすが、あくまで旦那と儂の二人だけで、お克さんもお駒さんも、木戸番小屋にゃ権之市の困った内弁慶を相談に来たことにして、儂がすべて進めやす。旦那はそれを知らぬふりをして、そっと見ていてくだせえ」

「木戸番さん！　それでよろしいのか」

「旦那、陰(かげ)でなにやらが動き、気がつきゃあコトが収まってたってえのは、こたびが初めてじゃござんせんでしょう」

「そ、そりゃあ、まあ」

翔右衛門は返し、杢之助に近づけていた上体を引いた。木戸番小屋に張り詰めていた、固い空気がやわらいだ。

ふたたび木戸番小屋の腰高障子が動き、中から翔右衛門が出て来た。

「あーら、旦那さま。お話はもう……。いま新しいお茶をお持ちしようかと思ってたところですよ」

お千佳の明るい声が、木戸番小屋の中にまで聞こえた。

杢之助はすり切れ畳の上に一人である。

間断のない波の音が聞こえる。

「救わねばならねえ」

杢之助は低く声に出した。

いま念頭にあるのは、お克のみならず〝錠前開けの仁平〟こと錠前直しで、かんざし打ちの佐平の身である。

「儂と同類……、歳までなあ」

自分にしか聞こえない声でつぶやき、胸中に念じた。

（必死に生きている。救ってやらにゃ）

と。だがこればかりは、翔右衛門にも誰にも相談できない。

杢之助の過去

一

　杢之助の木戸番小屋に、瞬間的にだが、荷運び屋の修助、錠前直しの佐平、古着買いの権之市という、車町の三人の顔がそろった。しかもつぎの日に権之市の女房お克が、修助の女房お駒につき添われ、杢之助に権之市の怪しげな動きについて相談に来た。なんとも泉岳寺門前町の木戸番小屋は、ここ一両日ばかりはとなり町の木戸番小屋になったようだった。

　しかもお克は〝殺される〟との恐怖を背負って来た。それも亭主の権之市か、その仲間の者に殺されるという。聞けば、その危険はきわめて大きいのだ。

　さらにその翌日だった。きのうとおなじ朝方、またお克が来た。きょうは一人だった。

　腰高障子に声を入れるまえに、

「あら、お克さん。きょうも門前町の木戸番さんにご用ですか」

と、おもてに出ていたお千佳から、声をかけられていた。

「え、ええ。ちょいと」

お克はお千佳をかわし、

「いなさいましょうか、門前町の木戸番さん」

と、木戸番小屋の腰高障子に訪いの声を投げた。

「おう。きのうのお克さんだね。もう知らねえあいだ柄じゃねえ。遠慮のう入りなせえ」

皺枯れ声はお千佳にも聞こえる。

お克になかば無視されたお千佳は、

「門前町の木戸番さん、どなたからも頼りにされてますからねえ」

つい皮肉のこもった声を、お克の背に投げた。

お克にとってそれは皮肉にはならなかった。

腰高障子に向かい、お千佳に背を向けたまま、

(だから、きょうも来たんですよう)

胸中につぶやき、

「お言葉に甘えまして。よろしゅうに」

腰高障子を引き開けた。

「おうおう、やはり車町のお克さん。もう声だけで分かりやすぜ。儂もきのうから、おめえさんともっと話し合いてえと思っていたのさ。ちょうどよかった。さあ、座ってくんねえ」

「はい。あたしもきのう、話せなかったことがありまして」

お克は言いながら腰高障子をうしろ手で閉め、杢之助の示したすり切れ畳に腰を据えた。

外ではお千佳が、

「んもう」

足踏みをし、下駄を鳴らした。旦那の翔右衛門のときとは違い、自分も中に入って一緒に話が聞きたかったのだ。

木戸番小屋の中で、お克は上体を杢之助のほうへねじった。

それを待っていたように、杢之助のほうから言った。きのうにわかに覚えた、お克の周辺への関心は大きいのだ。

「おめえさんがお駒さんと一緒に来なすったときにゃ、てっきり権之市どんの内弁慶ぶりの相談かと思いやしたぜ。町役さんの翔右衛門旦那も心配してなすったからなあ」

「えっ、そうなんですか。どうしましょう。それもあります」

「それもとは？」

杢之助は返し、すぐに、

「あ、そうか。権之市どんの身辺のほうが心配で、おめえさんの命もさりながら、世間さまへの係り合いがどうなるか。それが気になるのかえ」

「そう、それなんです。権之市は、実は……」

「おっと」

杢之助はお克に詳しく話させるため、途中で喙を容れた。お克はさらに話そうとするはずだ。これも杢之助の巧みな話術の一つである。

杢之助は言う。

「きのうはお駒さんが一緒だったから、表立った部分は話せても裏の裏までは話せなかったってことかい。話しゃ火盗改がすっ飛んで来るかも知れねえ、と。それほど重大な問題を抱えてるのかい。だったらなおさらだ。きのうも言ったとおり、この木戸番小屋で話す分にゃ、その心配はいらねえ。此処ではすべて、お上とは関係なく処理させてもらうからなあ。要はおめえさんの判断ひとつだ。言えねえことは言わなくていいぜ。だがよ、儂としては、ある程度までは知っておきてえ。判断を誤らねえためにもな」

「木戸番さん。あんたっていうお人は。ほんと、うわさどおり、相手の身になって考えてくださる！」

「あはは。そうでなきゃ、聞くほうは話す側と一体にゃなれねえ。さあ、聞きやしょうかい。権之市どんは古着買いをしながら、盗っ人のお先棒を担いでいなすったかい」

「は、はい。もう一年以上もまえから聞いております。押込み先で、殺しまで」

「うっ」

思いも寄らなかった返答に、李之助は瞬時息をつめた。

お克はさらに語る。

「あたしゃもう、恐ろしゅうて恐ろしゅうて」

言いながら肩を震わせ、うつむいた。

(なんと！)

盗賊手伝いの調べ役が中心かと思っていたら、殺しまで……。

しかも、

「二度、三度、押入るたびに」

「う、うう！」

衝撃以外のなにものでもない。杢之助はうめいただけで、しばし返す言葉がなかった。

だがこの瞬間、杢之助の権之市に対する処断の内容が決まった。もはや遠慮の必要はなく、かえってそこにすっきりしたものを覚えた。

（生かしておいては、ならねえ奴）

それがはっきりしたのだ。

語るお克の声は震えている。

「つぎに当たりをつけているのは、亭主がお仲間らしい人と話しているのを聞いてしまって、ご門前がどうの、扇子がどうのって。あ、あたしの勘なんですが、泉岳寺ご門前の商家に……」

「おっと、おめえさんの口から言うにゃ及ばねえ」

杢之助は不意にお克の口を封じた。〝泉岳寺ご門前の〟だけで、いまはじゅうぶんだ。それは……、細兵衛の門竹庵であろう。杢之助はつづけた。

「おめえさんはあくまで知らねえことに……。亭主の裏稼業も……な。それをおめえさんの立ち位置にしねえ。お駒さんにも、な」

杢之助はあらためて、いま詳しく聞きたい思いを抑えた。それはお克に、他所でしゃべらせないための処置にほかならない。お克に口止めをしたのだ。コトを大きくさせないための方策である。

お克は無言でうなずいた。お克はきのうも、つき添い人のお駒の前で、話しづらそうにしていた。

杢之助は話をまえに進めた。

「なあに。この町で、権之市にふざけたまねはさせねえ」

「えっ、木戸番さん！　あたしゃまだ、つぎの押込みはこの町のどのお店とまでは言っておりませんが」

「あはは、お克さん。木戸番人てのはねえ、朝も昼も夜も、町の通りを看て暮らしてまさあ。あした町内でなにが起こるか、おぼろげながらも勘づくもんでさあ。木戸番人としての勘じゃがね」

お克はそうした杢之助の顔を見つめ、言った。

「恐ろしい！」

「おっとお克さん。そんな顔で見られたんじゃ困るぜ。おめえさんにゃこの二、三日、きょうみてえにふらりと番小屋へ来て、権之市の動きを知らせてもらわなくちゃならねえ。なのにそんなしゃちこばった面で来られたんじゃ、周囲に目立っていけねえ。で、きょうはご亭主、権之市さ、どうしてる。いつもどおり、古着買いに出かけたかい」

「は、はい。朝早くに。だからあたしゃこうして」

「ふむ。ならば早々に帰って、家で亭主の帰りを待ちねえ。わずかでも普段と違ったことがあったり、誰かお仲間らしいのが訪ねて来たりすりゃあ、なんとか算段して、番小屋に知らせてもらいてえ。向こうの動きは午か夜か、いつあるか分からねえ。さあ」

「は、はい」

杢之助は腰高障子を手で示した。

腰を上げたお克に、

「きょうは朝早く、この時分に来てくれてありがたかったぜ。おかげでいち早く策が練れらあ」

「えっ」

と、お克は亭主の動きよりも、李之助の言葉のほうに事態の切羽詰まっていることを感じ取ったようだ。

お克が外に出ると、

「あぁら、もうお帰りですか。門前町の木戸番さん、頼りになるでしょう」

お千佳だ。誇らしげな口調になっていた。

二

(許せねえぜ、権之市！)

すり切れ畳の上で波音に包まれ、もう幾度念じたろうか。権之市だけでなく、その仲間すべてに対してである。

お克の差口（密告）で、はっきりした。

(ふーむ。もう幾人も殺ってきた奴らだったかい)

しかも、次の狙いが門竹庵とあっては、

(処断は、儂の役務だぜ)

すでに李之助の胸中は、こたびの処断になんらの躊躇もなくなっていた。

江戸湾袖ケ浦の波音を押し返すように、

「むむむっ」

うめいた。

「許せねえっ」

声にも出した。

盗っ人に入った先で……、殺し。

李之助の、断じて許せないところである。


十数年まえの、あの日の出来事が、まざまざと李之助の脳裡に浮かんできた。それは今日の李之助をつくった事件だった。

李之助が副将格を務めた大盗白雲一味は、他人さまが働いて得たお宝を人知れず頂戴することへのうしろめたさを除けば、李之助にとっては居心地のいい仲間たちだった。だから李之助は、飛脚上がりの韋駄天さと持ち前の沈着ぶりを発揮し、副将格にまでのし上がったのだ。

白雲一味は押込みに準備を怠らなかった。そこには存分の時間をかけた。大ぶりな商家へ押込むには、下調べに半年あるいは一年という歳月をかける場合もあり、状況によっては押込みを断念することさえあった。その差配は李之助がとり、常に冷静沈着だった。だから仲間内で、あの日あの時まで役人に捕縛された者は一人もいなかった。

押込み先で、李之助は血を見るのを極度に恐れた。一人の血を見れば、それが押込みの最中であれば、たちまち一味すべてに伝搬し、一家皆殺しに発展する可能性もある。押込む側も、緊張と恐怖に覆(おお)われているのだ。

「――だからだ、みんな。人殺しの畜生道に堕(お)ちたくなきゃあ、時間と手間ひまをかけ、準備は怠りのうしておくのだ。それでも押込みの最中予想外のことが起こりゃあ、その家はあきらめ、ともかく逃げるのだ」

李之助は常に言っていた。

それに加え、押入った家から根こそぎ持って行くことはしなかった。翌日からそこが立ち行かなくなり、被害者が奉公人ともども路頭に迷ったのでは、押入った者としてこれほどあと味の悪いものはない。いただくのは押込み先の一部にとどめ、その日からお家が傾(かたむ)くようなことはしなかった。

さらに、拘束した女に手をつける……。とんでもないことだ。目的は盗みであり、さっと入ってさっと引き揚げる。白雲一味はそれを実践していた。

だが、すべての盗賊がそうとは限らない。ろくな下調べもなく急ぎ働きに走る一群も少なくなかった。確かに手っ取り早い。しかしそやつらの入った跡の惨状は、見るに堪えない。家族にも奉公人たちにも、あとあとにまでわたって不幸をもたらす。

自己弁明かも知れない。

「――外道の極み」

杢之助はよく舌頭に乗せ、そうした外道を踏む同業を忌み嫌った。

だが、配下のなかには下調べを、

「――まどろっこしいぜ。手っ取り早い方法があるなら、それに越したことはねえじゃねえか」

言う者がいても不思議はない。端から道を踏み外している者どもの一味とあっては、避けられないことであろう。そこに同調する者が出ても、むべなるかなであろう。

あれからすでに十四、五年を経ようか。白雲一味の大仕事として、日本橋の呉服問屋に押入ったときだった。

一味の連絡に乱れがあって、さっと入ってさっさと引き揚げることができなかった。

　奉公人も含め家の者たちを、刃物で脅さねばならない事態になってしまった。それだけでも外道に近い。

　白雲一味は押入った全員が、黒く染めぬいたさらしで顔を覆っている。

　杢之助が女の悲鳴を聞いたのは、不本意ながらいくらか荒っぽかったが一応のお勤めを終え、引き揚げようとしたときだった。お店の者はすべて縛り上げ、さるぐつわをかませている。

　杢之助は走った。女中部屋の方向だ。なかば手探りだが、その動きは速かった。これが夜目の利く杢之助の、誰にも負けない敏捷な動きである。

「よさねえかっ、外道は！」

　仲間の一人に、蹴りが飛んだ。

「うぐっ」

　仲間はうめき声を上げ、

「くそおっ、なにしやがる。おめえの態度、まえから鼻についてたぜ。杢の父つぁんよう」

　脾腹を蹴られた男は、裾を乱した女の横にうずくまり、目だけを杢之助のほうへ向けた。男は女中部屋で女を押さえ込んでいたのだ。

「おめえ、名を呼びやがったな。盗っ人の風上にもおけねえ！」

李之助は吐き、この男にふたたび一撃を見舞うか、もう一人、わきで二人目の女を押さえ込んでいた男の脾腹を蹴り上げるか迷い、瞬時足の力を抜いたときである。

女の悲鳴がまた上がった。

さきほど蹴られた男が、左手で脾腹を押さえたまま口にくわえた匕首を右手で引き抜き、李之助に飛びかかったのだ。点いていた行燈の灯りに、それらが浮かび上がって見える。

「おおっ」

李之助はからだの均衡を崩した。

異変が起きた。

李之助に救われた女が、裾も髪も乱したままかんざしを逆手に、男の背に飛びかかったのだ。

男はさすがに腰を落とし、李之助に送り込もうとしていた刃をひるがえし、左手で女の利き腕を取るなりその身に切っ先を突き立てようとした。

「よせっ」

杢之助は男に組みつこうとした。が、からだが動かない。かたわらで女を離したもう一人の男が、杢之助を背後から羽交い締めにしたのだ。女は気丈にも利き腕をねじられたまま顔を上げ、黒いさらしの男の目を睨みつけている。いくぶん浅黒く痩せた女である。刹那、女の身に向けられた切っ先が揺らいだ。もう一人、騒ぎを聞きつけ女中部屋に飛び込んで来た男の匕首が、女の利き腕をねじ伏せている男の背に刺し込まれたのだ。

二人の男はもつれ合うように倒れ込んだ。背を刺した男はさらに一撃、

「許せねえ！」

刃を背から抜き、腹に突き立てた。

「うぐっ」

刺された男は苦しまぎれに相手の黒いさらしに手をかけ、引きちぎった。目の鋭い、まだ若い顔がそこにあった。

清次といった。杢之助より十歳若く、日ごろから杢之助の言う〝盗っ人の道〟に賛同して慥と守り、気も合った。白雲一味の仲間になるまえは、武州川越で船頭をし、川魚の料理が得意だった。

「すまねえ！　仲間を殺っちまった」

清次は血のしたたる匕首を手に、杢之助を振り仰いだ。

杢之助は背後からもう一人の男に組みつかれたまま、

「仕方ねえっ。これでいい！」

「なにがこれでいいだっ」

背後の男が喚いた瞬間、杢之助は腰をひねった。男の身は宙に浮き、脇へのけぞるようにぐらつき、すぐさま立て直す構えに戻ろうとする。そのとき左足を軸にした杢之助の身が、大きく一回転した。右足の甲が大股蹴りに男の首筋に喰い込んでいた。蛙の踏みつぶされたようなうめき声とともに、男はその場に崩れ落ちた。首が不自然に折れ曲がっている。

男の腕を脱した女は、気丈とはいえやはり動顛して気を失ったか、畳の上に崩れ落ちている。もう一人の女は、上体を起こしているものの、腰が抜けたのか口だけ大きく開け、

「あわわわ」

呆けた声を上げている。

この騒ぎに、ほかの盗賊仲間たちも女中部屋に駈けつけた。このようなことは、これまで白雲一味にはなかった。

先頭を切って部屋に踏み込んだのは大柄な男だった。配下を二人従えている。

「ど、どうした。い、いってえ、これは！」

「おかしらっ」

杢之助は男をそう呼んだ。

大柄で貫禄がある。白雲一味の頭だ。飛脚であった杢之助が、この大柄な男の一味に引きずり込まれたのは、三十路になるすこしまえだった。

白雲党などと名乗っていたが、犯さず、奉行所でも町場でも白雲一味と呼ばれていた。一味は押入った先で血を見ず、身代がぐらつくほどの頂戴はせず、雲のごとく姿を消していた。その一味に身を置いて十年、杢之助は飛脚仕込みの素早い動きと持ち前の沈着冷静な判断力から、一味の副将格にのし上がった。大柄な頭も、そうした杢之助を重宝した。

だが日本橋の呉服問屋でのこの日この時、大柄な男はまだ〝あわわわ〟と声を出している女の胸元をいきなり左手でつかみ上げ、右手の匕首の切っ先を心ノ臓に突き立てた。

「きえっ」

断末魔の声とともに、女は大柄な男の足元に崩れ落ちた。

「お、おかしら！　なぜっ」

李之助は声を絞り出した。

「こやつ、清次の面(つら)を見た」

大柄な男は黒いさらしの中から声を出した。

「引き揚げるぞ」

李之助と清次に背を向けるかたちになった。

背後に従っていた二人が道を開けた。さきほどの気丈な女は、蒲団をまるめた部屋の隅になかば気を失っていたのがさいわいしたようだ。大柄な男に命を狙われることはなかった。

「おかしら！　許しておくんなせえっ」

とっさの判断だった。李之助の足は畳を蹴っていた。その手には、ふところから出した匕首が握られている。大柄な男の背に、その切っ先が喰い込んだ。

白雲のかしらが焦(あせ)った言動を見せるようになったのは、ここ一、二年で急ぎ働きの同業が横行し、手っ取り早い仕事ぶりを見た手下どもが、落ち着かなくなり始めてからだった。

「おかしら、いいんですかい。あっしらのやり方、古くはありやせんかい。手間(てま)ひまばかりをかけて」

一味で直接お頭に問う者も出始めた。一人や二人ではない。杢之助と清次をのぞいたすべてが、そこに同調しはじめたようでもあった。

富める者から盗んでも庶民は怒らず、逆に義賊とされたりもする。奉行所も火盗改も、血眼になって探索の手を強めたりはしない。しかし、そこに殺しや犯しが加われば、世は震撼し役人はいきり立つ。

その外道に進みたがっていた一人が、杢之助に脾腹を蹴られ、清次に背を刺された男である。他の者どもまで同調しはじめるなかに、おかしらが〝ふむ〟とうなずきをみせていたのが、ちかごろの白雲一味のようすだった。

杢之助は清次に言ったものだった。

「――なあ清次よ。このあたりが白雲党の潮時かのう。これ以上、やっちゃおれねえ気がするがなあ」

清次は返した。

「――そうかも知れやせん」

かくして日本橋の呉服問屋で、この日を迎えたのだ。

「おかしら！　もうよしやしょう。こんなことはっ」

李之助はおかしらの背に刺し込んだ匕首を引き抜いた。

大柄な身は飛び散る血潮とともにふり返り、

「て、てめえっ」

「もう、終わりにさせてもらいやすぜ」

李之助の匕首は、ふたたびかしらの脾腹に刺し込まれた。

副将格が押込み先でかしらを刺した。一味がこれで収まるはずがない。

三

「野郎っ、よくもおかしらを！」

背後に従っていた二人が抜き身の匕首を手に一歩下がり、身構えた。李之助の蹴りを警戒している。

「お味方しやすっ」

すかさず清次が李之助と横ならびになり、逆手に取った匕首を胸の前に構え、腰を落とした。

「よしな、おめえら。これ以上、一人も死んじゃならねえ」

杢之助は黒いさらしの中から声を絞り出し、

「ずらかるぞ。きょうはもうお勤めにゃならねえ。お宝は全部おいて行くんだ」

眼前の男二人を睨みつけ、身をひるがえした。

「あ、危ねえっ」

「なにが全部おいてけだっ」

二つの声が重なった。

頭についていた男が抜き身の匕首を手に杢之助に飛びかかろうとし、清次がその男に刃物を手にしたまま体当たりした。

「うぐっ」

男は崩れ落ちた。

もう一人の男が、

「おかしらの仇っ」

杢之助に飛びかかろうとした。

転瞬、腰を落とし左足を軸にした杢之助の身が一回転した。飛びかかろうと宙に浮いた男の身に右足が迫った。男は地に足をつけるまえに、杢之助の右足の甲を受けていた。首筋だ。

——グキッ

骨の折れる鈍(にぶ)い音が立った。

男は即死だった。

あと数人お仲間がいて、すでに女中部屋に駈けつけている。

事態を察した一人が、

「へん、あとはどうにでもなれだ。きょうのお宝はちゃんともらって行くぜ」

小判の音とともにひとつかみをふところに入れ、おもてへ飛び出した。

「待ちねえっ」

杢之助は叫び、

「殺しに盗みをかさねちゃいけねえっ」

あとを追った。

すぐだった。

闇(やみ)から首の骨が折れる音が聞こえ、小判の地に散らばる音が重なった。

他の仲間たちもお宝をかき集められるだけ集め、外に飛び出した。殺しのあった現場からお宝をふところに逃げのびれば、あとはその者は外道をひた走ることになるだろう。

そやつらはいずれも闇の往還に、匕首を手に杢之助に飛びかかって必殺の足技(あしわざ)を受け、あるいは清次の刃物を胸や腹に受けた。生き残ったのは杢之助と清次のみだった。

すでに呉服問屋をかなり離れている。

闇の往還はつづく。

清次の声が聞こえた。

「このあと、どうすりゃあ？」

杢之助は返した。

「まっとうによおっ。この稼業にっ、戻るんじゃねえぜ」

「あっしは大川(おおかわ)（隅田川(すみだがわ)）あたりで船頭に戻りやすが、杢之助さんは!?」

「分からねえ。この歳じゃ飛脚はもう無理だ」

「ならばなにを？」

背後にした日本橋の方向が騒がしくなった。

呉服問屋の者たちが縄目を解き、騒ぎ始めたようだ。間もなく御用提灯と十手が一帯に満ちるだろう。

「いけねえ、遠くへ」

「へえっ」

日本橋から遠ざかった。

このとき、二人は離ればなれになった。闇に灯火もなく決まった行き先もなく、互いに見失ったのだ。

日本橋の自身番から人が走り、現場に駈けつけた役人は驚いたことだろう。わけが分からない。店の者で殺されたのは女中が一人、盗られた金子(きんす)はすべて女中部屋と近辺の路上から回収された。しかも女中部屋にも近辺の路上にも、小判とともに盗賊らしい男たちの死体が散乱している。棒のようなもので首の骨を砕かれたと思われる死体もあれば、刃物による刺し傷もある。

――なんらかの内輪揉(うちわも)めで、入り乱れて殺し合った

奉行所は判断した。

また、盗賊同士のやりとりを耳にした女中たちの証言から、

――賊は白雲一味と思われる

そう判断した。あくまで判断であって、これまで白雲一味で捕縛された者は一人もいないのだから、確定はできなかった。だがその後、一年経ても三年過ぎても白

雲一味に動きはなく、ようやく南北町奉行所も火盗改も、

——あのとき、白雲一味は消滅した

と、結論づけた。

その判断は正しかった。杢之助と清次が、外道に向かいかけた白雲一味を消滅させたのだ。

だが、元の人数も判らず、面の割れている者もおらず、女中たちの証言も曖昧で、

——生き残りがいるかどうか

判断できないまま、今日に至っている。

あとのことになるが、

「お役人たちにとっちゃ、そのわだかまりを十年経とうが十五年が過ぎようが、払拭はできめえ。悔しさは常に胸の奥底に鎮座してらあ。つまり儂らも、油断できねえってことよ」

と、杢之助は清次と話し合ったことがある。

日本橋が騒ぎになり、逃げるようにそこを離れたあと、杢之助はしばらく江戸の町場を徘徊し、四ツ谷大木戸に近い長安寺に倒れ込み、住持のはからいで寺男

となった。境内の掃除と墓守がおもな仕事である。来し方への償いか、杢之助はホトケに仕え懸命に働いた。

長安寺の住持に認められ、以前を問われることなく、四ツ谷左門町の木戸番人の口を世話された。町の木戸番小屋暮らしが始まった。

恐ろしかった。町の住人に以前が露顕てはならない。露顕れば、長安寺と町の住人への背信となる。

　奉行所の与力や同心の目も恐ろしかった。

　その目を避ける最善の方途は、町の平穏を保ち、奉行所の役人が町に入る必要をなくすることである。夫婦喧嘩に兄弟の諍い、強請たかりに詐欺、あらゆる揉め事に仲裁の手を伸べ、大事になって自身番が動き、奉行所から同心が出張って来るのを巧みに防いだ。

　皮肉にも元白雲一味の副将格で、悪党の考えそうなことに精通している杢之助には、それができた。時には殺しをともなう重大事件にも遭遇し、町にはなにごともなかったように処理することもあった。

　そうしたなかに、清次がひょっこりと現われた。さすがに清次も元白雲一味の一員で、杢之助と一緒に一味を葬り去った男である。四ツ谷左門町を拠点に無償の闇働きをする男の存在に気づき、そっと来てみれば、それが李之助だったのだ。李之助も清次も驚いた。清次はあの日、日本橋をずらかるとき言ったとおり、大川の船宿で船頭と包丁人をしていた。

李之助の仰天することが、もう一つあった。清次は持ち前の器用さから、四ツ谷左門町に一膳飯屋を開いた。そのとき女房としてついて来たのが、あの日あの時、日本橋の呉服問屋の、痩せていくらか浅黒かった、あの気丈な女中だったのだ。志乃といった。

あのとき女中部屋でおかしらが女中を一人殺した。志乃が殺されなかったのは、なかば気を失って畳に崩れ込んでいたからだった。清次の顔は見ていた。だが志乃は、役人に見たとは証言しなかった。あのときの事態の推移を、ほぼ把握していたのだ。李之助と清次は盗賊どころか、命の恩人なのだ。事件のあと、清次の似顔絵が出まわらず、二人はホッとしたものである。

女中一人が賊に殺され、志乃は免れた。事件のあと、

「――お志乃は、賊となにかあったのではないか」

などとうわさされ、店にいられなくなった。

奉公先を上野池之端の船宿に変えた。そこへ船頭になっていた清次が客を上野ま

で送って行き、ばったり出会ったのだった。

「驚きやしたよ」

「あたしもです」

清次と志乃は口をそろえる。

杢之助にとっては、二人が一緒になっていたのはさらなる驚きだった。

「あっ、あのときの」

と、志乃はひと目で、黒いさらしで覆面をしていた、あのときの杢之助だと気がついた。

清次は志乃の手伝いで、四ツ谷左門町にこぢんまりとした一膳飯屋の暖簾を構えて杢之助の話し相手となり、左門町に役人を入れないための闇走り(やみばしり)の補佐役ともなった。志乃はこの世で唯一、杢之助と清次の以前を知っている。二人にとって、町内で心置きなく話せる、またとない相手だった。

ただ警戒すべきは、杢之助は〝取り越し苦労〟をする清次にいつも言っていた。

「奉行所にゃ、どんな目利きがいるか知れたもんじゃねえぞ」

そのつど清次は、深刻な表情でうなずいていた。

その四ツ谷左門町の木戸番小屋に、十年も住むことができたのには、志乃の存在は大きかった。やがて土地の岡っ引が杢之助の特異な存在に疑念を抱き、それを覚った杢之助は用心のため、他所へ身の置き場を変えなければならなかった。秘かに両国米沢町の木戸番小屋に移り、現在は府外に出た泉岳寺門前町である。清次にだけは居所を伝えた。清次には土地の岡っ引になんら奇異に思われることなく、いまも四ツ谷左門町に一膳飯屋のおやじとして暮らしている。志乃と世帯を持ったおかげである。そうした清次と志乃の存在は、他所に移り住む杢之助の胸中をなごませるのに、じゅうぶんなものがあった。

もちろん杢之助の周辺にも、

「――日々の面倒を見たい」

と、におわす女人はいた。四ツ谷左門町のおミネがそうであり、両国米沢町にはお糸がいた。泉岳寺門前町では、門竹庵のお絹がそうなりそうだ。なにしろお絹にとって杢之助は、盗賊に命を狙われていた自分と娘のお静を、小田原から泉岳寺門前まで護り、送り届けてくれた命の恩人なのだ。

しかし、いずれも志乃とは決定的に異なる。三人とも現在の杢之助を知り、かつて飛脚だったことも聞いている。だが、杢之助には他人に言えない一時期のあることは知らないのだ。

杢之助の願いは、自分の住む町が平穏であり、その町の老いた木戸番人として、目立たず日々を送ることである。人知れず夫婦喧嘩の仲裁に向かい、ときには闇走りも厭わず必殺の足技をくり出すのも、そのためである。

だから、

(絶対に許せねえ)

最も嫌悪する急ぎ働きの押込みで、町を乱そうとする輩の存在である。杢之助はそのために、みずから副将格となって動かした白雲一味を消滅させたのだ。

いま泉岳寺門前町の木戸番小屋のすり切れ畳の上で、江戸湾袖ケ浦の波音を聞いているとき、あの日あの時、葬ったおかしらをはじめ仲間たちの顔を思い起こすなかに、車町の権之市の顔が浮かんでくるのだった。

きょうあすにもどうこうしようというのではない。

(お克さんと古着買いの仕事に夢を馳せたなら、ゆくゆくはこの町で常店の暖簾も張れるんじゃねえのかい。それをなんだって急ぎ働きの調べ役なんぞに……)

思う余裕はまだあった。

思えば自分の来し方が、腹立たしさとともに思い起こされてくる。

京から、江戸の住まいに文を届けたことがある。江戸の地を踏もうとしたとき、（いけねえ、どこかで雨宿りだ）

まだ降っていなかったが、それを急がせる空模様だった。

ポツリポツリと降ってきたなかに、

（ともかくあと一通を）

思ったのがいけなかった。雨宿りの場もないまま本降りというより、激しい降りとなった。

走った。走りこむ軒先も大きな木もなかった。

熄むと同時に陽が照り始めた。

（中はどうなっている）

状箱を開けた。びっしょりと濡れていた。

（このまま届けたんじゃ申しわけねえ）

乾かそうと思って手に取ると、封書が開いてしまった。そのまま陽にあて、乾くのを待って包みなおし、届けた。

届け先は、白雲一味のおかしらだった。

中身を開いたことを咎められた。当然だ。もちろん、中身を読んでなどいない。

理由を話した。許してもらえなかった。打擲されそうになったとき、おかしらに助けられた。このまま仲間に入ることを強要された。おかしらは杢之助の健脚と、受け答えが気に入ったらしいのだ。

「——手ぶらで娑婆に戻れると思うな。殺す」

おかしらの言葉は、脅しではなかった。実際に文の内容は、それほどに重要で危ないものだったのだろう。命と引き換えに、請けざるを得なかった。仲間になってみると、その一党は殺さず、犯さず、根こそぎは頂戴せずの道を歩んでいた。

「——ふむ」

杢之助はうなずき、やがて頭角をあらわし、副将格にまでのし上がった。ふり返れば、あのとき仲間などにならず、逃げだすなど方途はあったのではないか。後悔の日々である。だが、それを思ったときはもう遅かった。

そして今日があるのだ。

波音を聞きながら思えてくる。

(権之市よ、おめえはどうなのだい。情状酌量すべきがあっても、許せねえぜ。もう幾人殺めたよ。うしろめたさはねえのかい。それどころか、つぎにゃあコトもあろうに門竹庵さんを狙ってやがるたあ……)

思えばまた、

「断じて許せねえ」

低声（こごえ）に出した。

だからといって、人を殺めるのは気分のいいものではない。まだ秘めた殺しがあるかどうかは問わねえ。

（佐平の父つぁんに、おさねえ修太のほかに、まだ秘めた殺しがあるかどうかは問われねえ。現在（いま）の生き方が、儂の同類だからよ。それをおめえ、父つぁんから錠前開けの技（わざ）を学ぼうなどとしてやがる。笑わせるねえ、父つぁんが相手にしねえのは、おめえの魂胆を読んでるからにほかならねえぜ）

この日、ついつい杢之助は言わずもがなのことを、つぎつぎと念頭に浮かべてしまった。許せぬ相手がとなり町におり、しかも泉岳寺ご門前の商家をつぎなる標的にしている。ご門前の商家といえば、門竹庵にほかならない。昂（たかぶ）る心ノ臓の鼓動を杢之助は、懸命に抑えていた。

波の音は、なおも間断なくつづいている。

四

この日、町内の子たちは遊び場を泉岳寺の境内か街道の海沿いに変えたか、声は聞こえたが木戸番小屋には来なかった。

陽が西の空にかなりかたむいたころだった。

「いなさろうか」

聞き慣れた若い声が入って来た。

いつもは気軽に迎え入れる声だが、このときは緊張した。殺しをともなう盗賊どもの動きが、念頭にあるのだ。

返事を待たず、腰高障子が動いた。腰切半纏(こしきりばんてん)の職人姿に、三十路(みそじ)の若く引き締まった姿がそこにある。

杢之助は平静をよそおい、

「ほう。なにか変わった話でもあるかい。ま、座んねえ」

すり切れ畳を手で示した。

親方なしのながれ大工で、火盗改の密偵をしている仙蔵(せんぞう)だ。もちろん当人がそう名乗ったわけではなく、杢之助がそれを質したわけでもない。なんとなく杢之助は勘づき、当人も気づかれていることを承知している。それでいて、

「――ながれの大工でやす」

と、杢之助の木戸番小屋に出入りし、しばし世間話をしていくのだ。

律義者でもある。杢之助が町に雇われた木戸番人とはいえ、年配者への礼が言葉遣いにも所作にもあらわれている。いろいろな情報を得るには、そうでなければならないのだろう。しかし仙蔵の場合、それがつくられたものではなく、自然に出ている。

――火盗改の密偵のなかでも、ただ者じゃねえ

杢之助はそうみている。火盗改の動きを知るため、杢之助も仙蔵を重宝しているのだ。

だが、いまは違った。

(おめえも古着買いの権之市に、目串を刺したかい)

そこに不思議はない。火盗改の手先として、高輪のあたりを縄張に、不審な動きはないかと常に大工道具を肩に徘徊しているのだ。気づかないはずがない。

肩の道具箱をわきに置き、

「悪うござんすが、ちょいと休ませておくんなせえ」

言いながら腰をすり切れ畳に下ろし、杢之助のほうへ上体をねじる仙蔵に、

「高輪の町場に、おめえさんが関心を寄せるような、なにかおもしれえ動きでもあるのかい」

「まあ、あるといやああるような。ねえといやあねえような。ともかく、黙ってこの町を通り過ぎちゃいけねえような風を感じやしてね」

ことばどおりの曖昧な返答ではない。仙蔵は何かをつかんでいる。

だが、

（なにを、どこまで）

それが定かでない。さらに詳しく、なにやら知ろうとして木戸番小屋に来たことは確かだ。

この時点で、杢之助の胸中は決した。

ときには町の平穏を保つため、仙蔵に合力することもあった。だがこたびは、

（できねえ）

そればかりか、

（先を越されてもならねえ）

杢之助は秘かな緊張を胸中に置いた。もしもである。杢之助が権之市に必殺の足技をくり出すより早く、その身柄を持って行かれたらどうなる。火盗改の吟味は、町奉行所の比ではない。咎人が磔刑に処せられるとき、五体満足にそろっていないのは珍しくない。すでに死人になっているときさえあるのだ。

権之市がそうした吟味を受けたならどうなる。

こやつは錠前直しの佐平から、錠前開けの技を得ようとしていた。権之市が佐平のことを話しでもしたら、火盗改の与力や同心は佐平に目をつけ、役宅に引くだろう。杢之助の知らなかった佐平の以前とともに、十年まえの修太殺しの一件までおもてになるかも知れない。そうなれば、車町は蜂の巣をつついたような騒ぎになるだろう。そうなれば佐平は、二度と婆婆に住めなくなる。

以前を悔い、隠し、目立たぬように反省と後悔の日々を送っている者にとって、これほど酷なことはない。それをわが身に置き換えたとき、杢之助は言い知れない恐怖を覚える。

(救わにゃならねえ)

職人姿の仙蔵を前に、杢之助の脳裡は激しく回転した。

「えっ。木戸番さんもなにか、感じなさることがありなさるので？」

やはり心の動きは所作にもあらわれるか、仙蔵は肩を低め、李之助の表情をのぞき込んだ。

ここで慌てて胸中の動きを否定したのでは、かえって不自然なようすになる。仙蔵はさらに李之助の表情をのぞき込もうとするだろう。

「まあ、あるといやあ、あるがな。調子がよくって気になる野郎が、この界隈にもいてな」

李之助は落ち着いた口調で言った。

仙蔵はうなずきを入れ、

「さすが木戸番さん。あちこちのうわさから、やはりあの古着買いに目を付けなすったかい。街道筋にゃ非道え急ぎ働きの盗賊が出没してるって、もっぱらの評判でやすからねえ。その街道筋で、あの男は古着買いの商いをしてやがるからねえ。ああいう調子のいいやつほど、危ねえもんで」

間違いない。仙蔵は権之市に目串を刺している。

李之助は言った。

「おめえさん、みょうなことを言いなさるなあ。あんなの、あちこちのうわさじゃねえ。この木戸番小屋に座っているだけで、伝わってくらあ」

「ここにいるだけで。いかなうわさで？」

はたして仙蔵は杢之助の表情を、ふたたびのぞきこんだ。仙蔵はやはり、古着買いの権之市が、なにがしかのかたちであの急ぎ働きの盗賊一味に係り合っていないか、それを探りに来たようだ。

杢之助は言う。

「車町じゃ、誰でも知っている話さ。女房のお克さんのことでね、つい最近さ。お向かいの日向亭の旦那にも、番小屋の儂にも相談に来なすったほどだ」

「ほう、どんなように。お向かいの日向亭の翔右衛門旦那は、車町の町役も兼ねていなさるからなあ」

仙蔵は乗ってきた。

杢之助はつづける。

「そういうことだ。お克さん、町役さんに話したついでに、儂にもな」

「だから、どんな」

仙蔵は杢之助の表情を凝視した。

その視線に杢之助は返した。

「おめえさん、聞いたり見たりしてねえかい。権之市め、商いのせいもあろうが外面がすこぶるよくってよ。その裏返しが内にあらわれ、女房のお克さんさ、いつも体のあちこちにアザをこしらえ、かわいそうに顔が腫れあがっているときだってあるぜ。放っときゃあお克さん、亭主に殺されちまうかも知れねえ。もしもお克さんが台所に駈け込んで、包丁でも手にすりゃあどうなる」

「そりゃあ殺し合いになって、これ以上の夫婦喧嘩はござんせんや。それよりも権之市の周辺さ、外まわりの商いで古着買い以外になにかやっているようだって、聞いちゃおりやせんかい」

李之助は関心が他所にあるように誘導しようとしたが、仙蔵はそこにさほどの興味を示さず、別の問題を問い返してきた。仙蔵は権之市が急ぎ働きの盗賊一味の探り役をやっているかも知れないと、目串を刺しているようだ。だが、そこからさきはまだなにもつかんでいないようだ。

李之助は念を押した。

「なるほど、なるほど。夫婦喧嘩などどんなに派手でも、おめえさんが出入りしている、三田寺町の捕物好きの旦那さ。たとえ殺し合いになっても、夫婦喧嘩などにゃ関心はねえか。まあ、夫婦喧嘩なんざどんなに派手でも、捕物にゃならねえからなあ」

「まあ、そうなりやすかな」

仙蔵は肯是した。三田寺町の〝捕物好きの旦那〟というのは、仙蔵の口からよく出る旗本だ。お上の動きを、仙蔵はこの旦那から聞いて来て、杢之助ににおわしてくれるときもある。杢之助の推測だが、旦那は火盗改の与力で、仙蔵が差配され報告する相手も、この与力だろう。

杢之助はさらに言った。

「儂は木戸番人だ。町の住人が外でなにをしていようと、そんなこたあ関心もねえし調べようもねえ。町の中が静かであってくれりゃ、それでいいのよ。車町はとなり町ですぐそこだ」

腰高障子の外を顎でしゃくり、

「だから儂は、あの夫婦の仲を心配しておるのよ。外の話なんざ、なあんにも知らねえ。ま、聞いたら知らせてやらあ。おめえさんも奴のことで、なにか聞きゃあ教えてくんねえ。車町は町内みてえなもんだ。そこの住人ならよ、外でやったことが町内にどんな影響を及ぼすか、やはり気にならあ。それもあの権之市ときた日にゃなあ」

「もちろん知らせまさあ。木戸番さんも、奴の女房いじめじゃねえ別のうわさを聞きゃあ、教えておくんなせえ。またあしたもこの時分、番小屋へ顔を出しまさあ」

「ああ、いいともよ。待ってるぜ」

仙蔵は杢之助の返事を聞くと、わきに置いた道具箱を引き寄せ、帰り支度にかかった。

杢之助はひと安堵を得た。仙蔵は権之市が盗賊の探り役をやっていると目串を刺しても、権之市が幾度か押込みに加わり、殺しまでやっていて、つぎの標的が泉岳寺ご門前の門竹庵かも知れないことまではつかんでいないようだ。火盗改とのかけひきについては、ほんの少しだが、

(儂のほうに余裕がありそうだ)

だが、油断はできない。

このあと仙蔵はおそらく三田寺町の〝捕物好きの旦那〟のところへ、権之市の件で泉岳寺門前町の木戸番小屋にも聞き込みを入れたことを報告に行くはずだ。いまならまだ明るいうちに、三田寺町の屋敷に入ることはできるだろう。

仙蔵の報告に、これといった進展がないとなれば、その与力の旦那は探索の強化を図るだろう。あるいはもう高輪界隈に、新たな密偵を入れているかも知れない。

火盗改が探索に本腰を入れたなら、吟味すべきうわさの量は、杢之助一人が木戸番小屋で得る情報をはるかに陵駕するだろう。

権之市が盗賊一味の一人である確証を得たなら、即座に捕縛するかあるいは泳がせ、押込みの動きをつかんだところで踏み込み、一網打尽にしようか……。それを必殺の足技より早くやられたなら、

（もう手が出せねえ）

思えばせっかくの安堵など、ほんの束の間のこととなる。

（やはり、急がねばならねえ）

間断のない波音のなかに、杢之助は念じた。

念じれば、かえって焦りを覚える。仙蔵のというより、火盗改にさきを越されてはならないのだ。だが念じたからといってどうなるものでもない。権之市が杢之助の必殺の足技を呼び込む動きを見せてくれなければ、

（動きようがねえぜ）

外はまだ明るいが、人の引く影が長くなっている。仙蔵が三田寺町に向かったのなら、そろそろ捕物好きの旦那の屋敷に着き、訪いの声を入れている時分か。

「木戸のお爺ちゃーん」

「あした来るねーっ」

町内の子たちの声が、街道から町内へと木戸番小屋の前を駈けぬけて行った。子たちは街道から海岸べりに下り、波にたわむれ遊んでいたようだ。

「おうおう、みんな。あしただな。待ってるぞ」

杢之助は子たちのうしろ姿に声を投げた。至福の瞬間だ。

五

陽が西の山の端に落ちようとしている。町内の子たちはとっくに家に帰り、泉岳寺の境内からは参詣人の姿はなくなり、門前町の通りも人の影は町内の顔見知りがまばらに動いているばかりとなった。

木戸番小屋もこの時分に訪ねて来る者などおらず、火の用心にまわる時間でもなく、一日で最も空虚を覚えるひとときである。

だが、杢之助の心ノ臓は高鳴っていた。

(如何にして、なにごともなかったように収めるか)

自分から仕掛けるには、相手の状況に判らぬことが多すぎる。盗賊一味で面の割れているというより、素性の分かっているのは権之市一人だ。総数で幾人なのかも判っていない。それでいてなにごともなかったように抑え込むなど、できるはずがない。だが、的を権之市一人に絞るなら、

(できないことはない)

状況によっては、

(あと一人か二人。そこに差配の者を絶対に……)

うしろめたさは湧いてこない。相手は急ぎ働きの畜生道を走る連中である。

(この世には端からいなかったほうが、人の為になる輩どもではないか)

杢之助は自分に言い聞かせている。

決行はいつか。相手の動きによって、それは決まる。だからお克に、どんな些細なことでも、権之市に変わった動きがあれば知らせるよう、頼んであるのだ。いま杢之助は、一人で相手方の動きに合わせるべく、時の移るのを持っている。

(だから権之市よ、軽挙に走るんじゃねえぞ)

杢之助は念じていた。軽挙な動きには、合わせにくいのだ。

その軽挙に、権之市は陥ろうとしていた。例の外面のよさから来る、内への困

った動きである。

秋を感じる文月（ふづき）（七月）下旬とはいえ、陽がかたむき始めてから一帯に闇の帳（とばり）が下りるまで、かなりの余裕がある。

お駒が心配してまた権之市とお克夫婦の家に顔を出そうとし、日向亭の番頭も翔右衛門に言われ、夫婦の家の周辺に出張（でば）っていた。

特にお克は、

（殺される）

いよいよ感じはじめている。お駒にともなわれ、杢之助に相談しようと木戸番小屋に出向いたとき以上に、その思いは募っている。

すでに〝殺されそう〟といった生やさしいものではない。他人（ひと）に相談しようとしたことで、かえってそれはみずからの脳裡に、具体的なかたちを結んでしまったのだ。亭主の極度の内弁慶ぶりに命を奪われるか。気になる裏稼業を諫（いさ）めれば、それが逆に口封じの要因にもなりかねない。

固い雰囲気のなかに、夕食を終えたあとだった。

お克は台所に立っていた。あとかたづけで水音や食器の音が立つ。殺されるとの意識から、身は常に緊張状態にある。殺そうとしているのは、おなじ屋根の下にいる亭主の権之市なのだ。正常でいられるはずがない。裏稼業がらみであれば、殺し手は顔の知らない亭主のお仲間かも知れない。

お克の身が震えた。

――カチャン

茶碗が下に落ちた。緊張をかき立てる硬い音だ。

お克も権之市も、いま尋常ではない。

「うるさいっ」

権之市は叫んで台所に走り込み、すりこぎを手にした。

「あぁ、おまえさん！」

お克はとっさに目の前の包丁を手にした。

お克を心配してようすを見に来たお駒が、すぐ近くで日向亭の番頭と出会い、

「あたしがちょいと中を見てきますよう」

と、玄関口に向かったのは、ついさっきである。

番頭はそのうしろ姿に、

「なにかあったら、すぐ声をかけてください。玄関の近くにいますから」

声をかけ、それを背にお駒が玄関口に立ち、訪い（おとない）の声を入れようとしたときだ

った。陶器の割れる音に重なって聞こえたのは、権之市とお克の尋常とは思えないやりとりだった。

「あぁっ、二人とも。やっちゃいけないっ」

お駒は叫び、草履(ぞうり)を脱ぎ棄て屋内に飛び込んだ。

勝手知った他人の家だ。台所に走った。

まさに権之市はすりこぎをふりかざし、お克はそれを包丁で防ごうとしている場面に出くわした。

「あ、お駒さんっ」

お克の声に権之市の声が重なった。二人の動きはとまった。

「おめえ、町内のっ」

外にいた日向亭の番頭にも、その騒ぎは聞こえた。

「お克さん！　どうなされた!?」

番頭もひと声上げ、玄関口に走り屋内に飛び込んだ。近所のおかみさんが二人ほど、日向亭の番頭の動きを追った。

屋内に、台所だ。お駒、日向亭の番頭、通り合わせた近所のおかみさん二人をやじ馬とするなら、それはさらに増えていた。行商人と職人風の男が二人。屋内にやじ馬の群れができるのなど珍しい。

さすがに権之市とお克の夫婦は、

「ううっ」

「ううぅ」

動きをとめたまま、うめいた。

もしこのとき、お駒が飛び込んでおらねば、日向亭の番頭もつづかず、まして他のやじ馬など踏み込んでいなかったろう。

ということは、すりこぎと包丁の二人には、抑止（よくし）になるものはなにもなかった。

ならば、どうなっていた。

一人は台所を流血の場に変えて息絶え、もう一人も重傷を負い、人を呼ぶのが精一杯になっていたかも知れない。もちろんどちらがどちらというのは、そのときの紙一重（かみひとえ）の状況によるだろう。

それこそ寸分の差で、現場に飛び込んだお駒の功績は大きい。

動きをとめひと声発した二人は、安堵からかそれぞれの手にあった得物（えもの）を床に落とした。

日向亭の番頭が、

「こ、これは！　お克さんたちっ」

と、その場に加わり棒立ちの態となった。

さらに屋内に、近所のおかみさんや職人たちのやじ馬が上がり込み、台所の空間を埋めた。

番頭の差配だった。現場は居間に移され、当事者の二人は部屋の隅と隅に端座する身となり、そのあいだを町内のやじ馬たちが埋めた。

「なんですかねえ、あなたがたはもう」

お駒が言う。

部屋は当の二人を含め、

（ともかく、よかった）

と、ひと安堵の雰囲気に入っている。

番頭からの報せで日向亭翔右衛門も走り、

「これはこれは」

と、現場の一人となった。

木戸番小屋に現場のようすは伝わって来ないが、向かいの日向亭の動きは腰高障子の中にいても感じられる。

（ん？　車町になにか⁉）

杢之助は腰を上げ、おもてに出た。

お千佳が縁台の前に立っていた。

「あ、木戸番さん。いまお知らせにと思ってたところなんです。日向亭の旦那から言付けが」

と、翔右衛門を見送ったばかりのようだ。

「ほう、いかような」

「いまお克さんのおうちへ。木戸番さんは番小屋を固めておいてくれって。あとで詳しいことは知らせるからって」

立ち話のかたちで言う。

翔右衛門は杢之助に、木戸番小屋を動くなと言っている。

「うむ。やはりお克さんたちに動きが」

「そのようです。あたしも気になります」

言いながらお千佳は、外に出している縁台のかたづけにかかった。もうそのような時分だ。

杢之助は走りたかった。だが、翔右衛門の差配は町役としてであり、杢之助にとってもありがたかった。

このあとすぐに駈けつけていたのでは、杢之助がおもてに出ている印象を、町の衆に与えてしまう。秘かに意図しているこれからの働きに、支障を来たすことになるだろう。これこそ杢之助が避けねばならないことだった。

「ともかく待とう。旦那を呼びに来たような若い遣い走りではなく、番頭さんが戻って来てくれればありがてえのだがなあ」

縁台をかたづけているお千佳に言うと、通りがかりの町内のおかみさんが、

「あら、どこかでなにかあったのかしら」

「はい。車町で夫婦喧嘩があって日向亭の番頭さんが出向き、手が足りずに旦那もいま出向いたところです」

お千佳は正直に、かつ正確に言う。

「まあ、日向亭の旦那が出向くほど派手な夫婦喧嘩？　あ、分かった。あの家だ。でも、木戸番さんがここにいなさるのだから、それほどの喧嘩じゃないようね」

おかみさんは歩をゆるめて言うと、そのまま坂上のほうへ去った。日向亭の旦那や番頭が軽く見られたのではない。

町内の奉公人や住人があと二、三人、その場の杢之助とお千佳のやり取りに関心

た。住人たちは日向亭の旦那と番頭が現場に入ったことで、安心感を得ているのだ。

やがてお克と権之市の夫婦喧嘩が危機一髪であったことが、門前町の通りにも伝わって来るだろう。そのとき杢之助は慥と木戸番小屋の前にいて、お千佳と話をしていた。車町の夫婦喧嘩に係り合っていない。向後の極秘の働きがそれだけやりやすくなる。そこまで気を遣うほどに、杢之助はこれからの策に意をそそぎ、慎重になっているのだ。

(旦那、恩に着やすぜ)

と、翔右衛門の町役としての差配に、ありがたさを感じた。

すり切れ畳に戻った杢之助は、現場へ行きたい気持ちを抑え、ひたすら次の展開を待った。翔右衛門が行っているのなら、事態が抜き差しならぬほど悪化することはないだろう。

「どちらか戻って来れば、すぐ知らせますね」

縁台をかたづけ終えたか、障子戸の向こうからお千佳の声が聞こえた。

「おう、頼むぜ」

杢之助は返した。

六

車町の現場である。

町役の日向亭翔右衛門を迎え、お克と権之市はむろんのこと、お駒も他の顔見知りたちもひと安堵している。それらがやじ馬ながら部屋の中まで入り、すりこぎや包丁まで目にしたのだ。いずれも近所の住人でこの夫婦の諍い(いさか)が絶えず、お克に同情していたから、つい他人の家と知りながらも心配のあまり、屋内にまで入り込んだのだろう。

新たなやじ馬が翔右衛門のあとにつづき、部屋の中はさらに人数が増えようとしていた。

「あぁあ、皆さん。外へ出てくださいまし。日向亭が町役の一員として、この場を預からせていただきますので」

番頭が言い、屋内のやじ馬を外へ出そうとした。

お克と権之市はもちろん得物など持たず、部屋の隅と隅に座している。お駒がそう差配したのだが、二人ともそれに従順に従った。お克にすれば危険が迫ったとつさのこととはいえ、ついに刃物を亭主に向けてしまったのだ。

権之市は積もる苛立ちから、またも女房に内弁慶をやってしまったのだ。となり町の門竹庵への押込みを間近に控えては、いっそう身辺に波風を起こさないよう注意しなければならないのにだ。ましてお克が亭主の裏稼業に気づいている節があるなら、なおさらである。

「あ、皆さん。そのまま、そのまま」

外へ出ようとした町内のやじ馬たちを、翔右衛門は引きとめた。

「えっ？」

と、訝る声がやじ馬たちから洩れる。端座で下を向いていたお克と権之市も、思わず顔を上げた。二人とも、早くこの場を平穏に戻したいのだ。

「聞いてくだされ」

翔右衛門は立ったまま言う。やじ馬たちもお駒も畳の部屋に立ったままで、お克と権之市が座しているという、異様な光景である。

翔右衛門は玄関口にまで聞こえる声で言う。玄関口には新たな近所の住人の顔が加わっていた。

「きょうのこのこと、なにぶん夫婦間のとっさの出来事です。こんなことで車町が他所でうわさになってはいけません。となり近所同士で話をするのは避けられないでしょうが、他所から来た人に話してはなりませぬ。手前どもも縁台に座ったお客さまに、きょうのことを話したりはしません。訊かれても、さあ知りませんが、と答えるようにします」

一同は翔右衛門がこの場のみんなを引きとめた理由を覚った。座しているお克と権之市は得心の表情になり、さらに立っているお駒や近所のやじ馬たちはしきりにうなずいていた。

番頭の理解も早かった。

「そういうことですじゃ。皆の衆、このことは内輪だけのこととし、よそ者へのうわさ話にしませぬように。それでは、さあ、目立たぬよう順にお外へ。あとは手前どもの翔右衛門にお任せくだされ」

さすが客商売のお店の番頭である。低姿勢で他人に不快感を与えたりしない。やじ馬たちも全員が顔見知りで、お克にも権之市にも外に対する仲間意識がある。一同はそれぞれにうなずきながら屋外に出た。

居間にはお克と権之市、それに翔右衛門とお駒、さらに番頭が残った。

「番頭さん、木戸番さんが気にしながら連絡を待っているはずです。とりあえず番小屋に走り、こうなりましたことを話してあげなされ。あとのことはお駒さんもおいでのことだし、心配しなさんな」

「と、木戸番さんに伝えておきます」

立ったままだったから、その後の動きは速かった。

番頭が外へ走り出ると、ようやく翔右衛門とお駒はそれぞれにお克と権之市の前に腰を据えた。座っていた二人の表情にも、ようやく安堵の色が浮かんだ。だが殺し合いの一歩手前まで進んだのだ。このまま夫婦が以前どおりにいかないことは分かっている。もう〝夫婦〟といえないかも知れない。このあとこの夫婦がどうふるまうか、この場でどこまで語られようか。

番頭にはむろん権之市にも、翔右衛門がその裏稼業に気づいており、お千佳の話や杢之助からの説明で、門竹庵がつぎの押込みの標的になっていることまで知っているなど、まだ理解の範囲外のことである。この場の話がどう展開するか、居合わせている誰にも分からないのだ。

屋内はすでに暗く灯りが必要だったが、外はまだ提灯なしでも歩けそうだった。番頭は暗くならないうちにと急いだ。

木戸番小屋には、

「まだ車町から誰も帰って来ないんですよ」

と、お千佳が火種(ひだね)を持って来たばかりだった。

油皿の灯芯(とうしん)に、小さな炎が揺れはじめた。

外からの足音に、

（おっ、あれは番頭さん）

と、杢之助はいくらかの興奮とともに腰を浮かした。

腰高障子が動いた。

「現場はまだ話の途中ですが、とりあえずこれまでの報告にと旦那に言われ、私が戻って来ました」

言いながら番頭は三和土(たたき)に入り、すり切れ畳に腰を据えた。旦那の翔右衛門とおなじで、木戸番小屋になんの遠慮もない。

お千佳も番頭が帰って来たことに気がつき、旦那のときとおなじように木戸番小屋を日向亭の一部と見なし、お茶を運んで来た。旦那のときと異なるのは、盆をすり切れ畳に置いてからも帰ろうとせず、

「どんな具合でした？」

と、三和土に立ったまま問いを入れたことだ。

番頭は、

「そうそう、お千佳も聞いていきなされ」

と、一緒に聞くことを勧めた。夫婦喧嘩のうわさを、縁台で触れないように注意しておく必要があるからだ。

「私が踏み込んだとき、まさに夫婦喧嘩というより殺し合いが始まろうかとしていましてね」

と、番頭は話し始めた。

冒頭からの切羽詰まった状況に、

「まあっ、そんなに！」

と、お千佳は驚愕の声を上げ、杢之助も、

「えっ、そこまで」

と、声に出し、間一髪で互いに得物を手に飛びかかるのを防いだことに、ホッと安堵の息をついた。

いまこの時点で、権之市とお克が刃物による殺し合いを演じるなど、杢之助にとっては考えられない事態なのだ。

もしそうなれば、仰天するのは町奉行所ではなく火盗改である。火盗改は権之市が盗賊一味の一人であると目串を刺している。それこそ間髪を入れず捕方をくり出し、生き残ったほうを捕縛するだろう。生き残ったのは権之市かお克かどちらでもよい。ともかく引き立て、吟味するようすの凄まじさは町奉行所の比ではないはずだ。

かりに吟味がお克だったとしても、そこに錠前直しの佐平の名が出て、十年まえの修太殺しがおもてになり、車町が上を下への大騒ぎになるかも知れない。そこに杢之助の出番はない。ないどころか、わが身へ火の粉が降りかかるのを防ぐため、ただひたすら身を小さくしているほかにない。〝同類〟の佐平を守るなど、夢のまた夢になるだろう。

「一段落ついたところで、旦那さまが車町のお人らに……」

と、番頭はよそ者に対する口止めの件を話し、お千佳に視線を向けた。

「もちろん」

お千佳は返した。

「ならば私は、提灯を持って旦那さまを迎えに」

と、番頭は一度日向亭に戻り、すっかり暗くなったなかに提灯をかざし、ふたたび車町の現場にとって返した。

三和土に残ったお千佳は、

「驚いたあ、まだあたし、心ノ臓が収まりません」

手で胸を抑えた。

「儂もだ。権之市どんのすりこぎは分かるが、お克さんが刃物を手にしたとは、儂も心ノ臓が収まらんわい」

と、おなじように手で胸を抑える。

誇張ではない。実際にまだ心ノ臓は高鳴っているのだ。このとき小さな炎であっても油皿が杢之助の前にあったなら、お千佳はその顔色の変わったことを目にしていただろう。油皿は杢之助の背後で、顔は影になっていた。

お千佳の帰ったあと、

「ふーっ」

杢之助はあぐら居のまま背筋を伸ばし、大きく息を吸って吐いた。いくらか心ノ臓の高鳴りは収まったようだ。

木戸番人の仕事である夜まわりは、宵（よい）の五ツ（およそ午後八時）と夜四ツ（およそ午後十時）である。

拍子木(ひょうしぎ)を打ち、

「火のーよーじん、さっしゃりましょーっ」

口上を述べ、町内を一巡する。

一回目の火の用心から帰って来たとき、翔右衛門と番頭が提灯を手に帰って来たときでもあった。こんな時分に縁台は出していない。それぞれが提灯を手に日向亭の前で立ち話のかたちになった。

「町の衆には固く口止めをし、お克さんと権之市どんには軽挙を戒(いまし)めておきましたじゃ。権之市どんの外面のよさには、お克さんも困っていることは分かっておりますがな」

翔右衛門は言い、

「そのとおりです」

番頭はうなずいていた。

「二人のようすは、いかがでしたろうか」

杢之助は問い、番頭はうなずいていた。

「困ったことです」

翔右衛門は返した。当然ながら、きょうの一件はこれで落着といくはずはない。

権之市が生きている限り、問題は解決しないのだ。

　二度目の夜まわりから帰り、坂下の街道から坂上に向かって、

(儂のような盗賊くずれを住まわせてもらい、申しわけねえ)

　胸中に念じた。杢之助の日課である。心底、杢之助はそう思っている。四ッ谷左門町のときも両国米沢町のときもそうだった。町の衆への感謝の念だ。

　木戸を閉めた。これであしたの朝まで、泉岳寺門前町は街道とは隔絶される。一人すり切れ畳の上に大の字になる。

　きょうの事件が起きたのは、ながれ大工の仙蔵がちょうど三田寺町の捕物好きの旗本、火盗改の与力の屋敷の門の前に立った時分だった。

(聞きなすったかい。きょうの古着買いの軽挙妄動をよう)

　胸中に念じた。気になるのだ。

　時のながれからみれば、仙蔵はあしたになるまで高輪車町の夫婦殺し合い未遂に気がつかないことになる。あしたになれば、翔右衛門がいかに町の者に口どめしようが、仙蔵なら近くを歩いただけで町のようすから、きのうなにかあったことを感じ取り、それが殺し合い直前まで行った夫婦喧嘩であることに気がつくだろう。どの夫婦？　すぐに判るはずだ、町の住人は話したくてしようがないのだ。

もし、三田寺町の捕物好きの旦那が、気を利かせて仙蔵の補佐役に幾人かの密偵を付けていたなら、いまごろはすでに派手な夫婦喧嘩のうわさが、仙蔵を追いかけていることになるだろう。

捕物好きの旦那の屋敷で、仙蔵は殺し合い夫婦の名を聞き、仰天してまた高輪車町に引き返し、聞き込みを入れて埒が明かねば、

『いなさるかい』

と、時を構わず木戸番小屋に足を入れることになろうか。

仙蔵は自分自身に余裕を与えるため、

(あしたの朝、早い時分なら今宵行くのと差はなかろうかい)

念頭に置き、目まぐるしかったきょう一日をふり返り、睡魔に身をゆだねた。

七

日の出には、まだいくらか間がありそうだ。

どの町も木戸番人が木戸を開けるのは、日の出の明け六ツと定められている。曇りや雨で日の出が分からないときでも、手慣れた木戸番人なら感覚でおよその見当

をつける。なかにはつい寝過ごし、棒手振たちに木戸の外から大声で起こされる木戸番人もいる。

豆腐屋や納豆売りなど朝の棒手振たちには、住人の朝めしの用意の短い時間帯が、きょう一日の最大の稼ぎ時となる。だからどの棒手振もひと呼吸でも早く触売の声をながし、朝めし時分のうちにつぎの町まで足を延ばしたいのだ。

きょうも空に雲はなく、明確に日の出が体感できそうな一日だ。泉岳寺門前町の木戸の外には、すでに幾人かの棒手振たちが来て、木戸番人が番小屋から出て来るのを待っている。これは杢之助が、この町の木戸番小屋に入ってからの現象だ。日の出まえに、木戸が開くのだ。

木戸番小屋の腰高障子が動き、杢之助が顔を見せた。

「おぉう、木戸番さん。きょうもありがたいぜ」

「日の出めえに開けてくれる木戸なんざ、ここしかねえからなあ」

と、木戸番人に声をかけながら、つぎつぎと門前町の坂道に入る。

「おうおう、きょうも稼いで行きねえ」

杢之助はそれらを迎え、門前町は日の出まえから本通りにも脇道にも触売の声が満ちる。早く開く木戸には、それだけ多くの棒手振たちが集まるのだ。四ッ谷左門町のときも、両国米沢町のときもそうだった。

番小屋に戻った杢之助は、

「ふーっ」

大きく息を吸い、きょう一日の始まったことを実感し、

「ありがてえことだ」

小さくつぶやく。

これも夜まわりから帰ったとき、街道から門前町の坂道にふかぶかと辞儀をするのとおなじで、杢之助の日課の一つとなっている。

触売の声が木戸番小屋から遠ざかるころ、町内にようやく朝日が射し始める。

(さあて、ながれ大工の仙蔵どんよ。おめえさんもいまごろ、また高輪界隈に来る算段してるかい)

すり切れ畳の上で念じた。

木戸番小屋の横がこぢんまりとした駕籠溜りの空き地になり、その奥に駕籠舁き人足たちの長屋がある。

そこから出て来た駕籠舁き人足のかけ声が、木戸番小屋の中にも聞こえた。三十がらみの権十と助八だ。かけ声で分かる。町の者は、権助駕籠と呼んでいる。角

顔で威勢のいいほうが前棒の権十で、ふくよかでいくらかおっとりしているのが後棒の助八だ。

この二人は仕事から帰って来ると、杢之助の木戸番小屋に立ち寄り、あるいは向かいの茶店の縁台でひと休みし、杢之助や翔右衛門、お千佳たちに、きょう耳にした町のうわさなどを披露する。もちろん茶店の縁台は、向かいの駕籠舁き人足から茶代など取ったりしない。その逆で、残り物の茶菓子を出したりする。

「おぉう、ちょいと待ってくんねえ」

これから仕事というのに杢之助は呼びとめ、下駄をつっかけ番小屋を走り出た。

「なんでえ。町のうわさなんざ、まだ仕入れてねえぜ」

前棒の権十が街道に出たところで足をとめ、当然助八も動きをとめてふり返り、

「なにか気になることでもあるのかい」

「ああ。その後あの話よ、つづきはねえのかい」

言いながら杢之助は街道まで出て、駕籠を前に立ち話のかたちになった。

杢之助は言う。

「二月ほどめえによ、おめえさんたちから聞いた急ぎ働きの盗賊よ。その後なにも聞いていねえかい」

「ああ、あれかい。許せねえ奴らだが、さいわいあれ以来、なにも聞いちゃいねえ。なりを潜めていやがるのかも知れねえ」

「あんな非道え話、もう聞きたくねえぜ。殺されたお人ら、あわれでならねえ」

角顔の権十が言ったのへ、おっとりした助八がつないだ。

江戸府内から品川まで客を運び、そのまま品川界隈をながして帰って来た二人が日向亭の縁台に陣取り、戦慄すべき話をしたのは二月ばかりまえのことだった。杢之助と一緒に聞いた翔右衛門もお千佳も、驚愕し言葉を失ったものである。

江戸から東海道を西に向かえば、最初の宿場は品川で、次は六郷川の渡し場を渡ってすぐの川崎となる。その川崎宿で表通りから外れて暖簾を出している質屋が盗賊に押込まれ、あるじ夫婦と幼児、それに奉公人も二人ほど殺され、質草を根こそぎ持ち去られたというのだ。

殺され方が残忍で、生き残った者もいるが、いずれも縛られて目隠しをされ、賊の数は四、五人とおなじ証言をしたが顔は見ていないという。

あらかじめ金のある商家に目串を刺して押込み、顔を見た相手はその場で刺し、金の在り処への案内を拒んだり蔵の鍵を出し渋ったりした者も、即座に殺したようだ。最も残忍な、急ぎ働きの典型である。

なにぶん東海道も川向うの話で、江戸府内では戦慄を覚えるほどの話題にはならなかった。権助駕籠は品川まで出向いたから、けっこう詳しく聞いたのだろう。杢之助も翔右衛門もお千佳も聞きながら、心ノ臓を高鳴らせたものである。街道筋はすべて一本につながり、川向うといえど身近に感じる。

ながしの大工の仙蔵も、

「――ここも街道に面した木戸番小屋なら、街道から伝わって来るうわさは聞いちゃいやせんかい。たとえば川崎宿の一件さ」

と、杢之助に聞き込みを入れたものだった。

もちろん杢之助は権助駕籠から聞いた話として、

「――非道え急ぎ働きさ」

と、質屋の一件を話した。

仙蔵は権助駕籠の話す程度ならすでに知っていたが、それ以上の報せはまだ得ていないようだった。杢之助も、権助駕籠から聞いたこと以外は知らない。だが江戸に近い街道筋で、ここ一、二年のあいだに急ぎ働きの押込みが二、三件あったらしい。これは仙蔵が杢之助に語っていた。

仙蔵はその後、川崎を中心に犯人像を追ったようだ。その結果、

「――証拠があるわけじゃござんせんが、仲間の探り役が街道筋の町場をまわり、入るに手ごろな商家を探していると思われまさあ」

杢之助に言ったものである。仙蔵ならずとも、そうした手法がいずれの盗賊どもにも共通していることを、杢之助は知っている。そうした探り役は、白昼なにくわぬ顔で勝手口から商家を訪ね、建物の配置や裏庭まで見てまわる。きわめて自然なふるまいで、古着や小間物の行商人、出職の大工や建具師などが、それに手を染めている場合もある。錠前直しも出仕事で、その範疇に入ろうか。

仙蔵は品川界隈を中心に、それらしいのを探った。むろん一人ではあるまい。火盗改は仙蔵に幾人か密偵をつけたであろう。そこに浮かんだ一人に、高輪車町の古着買いがいた。権之市だ。仙蔵にすれば権之市の探索なら、是非とも杢之助の合力が欲しいはずである。

杢之助はさらに女房お克の差口から、権之市が間違いなく盗賊一味の探り役で、つぎの標的が泉岳寺門前の門竹庵で、しかもその押込みが数日後に迫っていることまで感じ取っている。

だが、その盗賊一味の全容が分からない。

(せいぜい五、六人か。名もなく鉄の結束もない、急ぎ働きで盗賊の風上にも置け

ぬにわか集まりの一味)

と、李之助は踏んでいる。

そのような小集団だから、権之市のような男でも容易に仲間に入れたりするのだろう。李之助が副将格であった白雲一味なら、権之市のように外面がよくて内弁慶の気配があって、常に内々に揉め事を起こしているような男は、仲間にはしないだろう。外部から目を付けられやすく、危なっかしいのだ。すでに権之市は、仙蔵からも李之助からも目を付けられている。

(あやつらの頭はどんな奴。いずれ生かしておきゃあ、世のためにならねえ輩だろう)

と、李之助は見なしている。他の仲間たちも同様である。

そやつらの動きを知りたい。

それで権助駕籠を呼びとめたのだ。

前棒の権十が言った。

「あんな奴らよ。また出てたまるかい。あれ以来、うわさのかけらも聞いちゃいねえ。ざまあ見やがれってんだ」

「聞いたらよ、いの一番にここへ戻って来て話してやらあ」

助八がつないだ。

「えっ、ほんと⁉　怖いけど、聞きたい」

言ったのは、杢之助のうしろに出て来ていたお千佳だった。

そのうしろに翔右衛門もつづいていた。川崎での盗賊の話をしているのに気づいたのだろう。権之市がらみで、翔右衛門もこれから起こり得る現実の問題として、強い関心を寄せている。

「そう。恐ろしい話だが聞いておきたい。うわさがあれば詳しく聞き、知らせてください」

翔右衛門が言ったのへ権助駕籠は、

「がってんでさあ。へいほっと」

「そう。えっさ」

声をそろえ、駕籠尻（かごじり）がふたたび地を離れた。

立ち話の場は縁台に移った。

お千佳がお茶を運ぶ。

「旦那。きのうはお克さんの家で、どう収まりやしたかい」

杢之助はまだ聞いていない。

「まったく困ったことです」

翔右衛門は前置きし、

「あの夫婦には、二度とこんな騒ぎは起こしなさんな、町が迷惑です、と厳しく言っておきましたよ。二人ともしおらしくうなずいておりましたがね。しかし権之市のことです。いつ突発的にまたなにが起こるか知れません。お駒さんに、よく看ておくよう頼んでおきましたよ」

昨夜の現場としては、これ以上の収め方はなかっただろう。お克も権之市も、その場での感情にながされた行動のまずいことは、じゅうぶんに自覚しているようだったという。

このとき杢之助は、仙蔵の動きを故意に話題にしなかった。錠前直しの佐平の生き方を守るためである。〝同類〟の佐平を守ることは、すでに杢之助の脳裡で、やらねばならないこととなっているのだ。

その仙蔵が大工の道具箱を担いで木戸番小屋に来たのは、このあと陽がかなり高くなってからだった。やはり高輪界隈に探りの網を張っているのは、仙蔵一人ではなさそうだ。

きのう夕刻、仙蔵が三田寺町の〝捕物好きの旦那〟の屋敷に入ったあとすぐ、古着買い夫婦のあわや殺し合いといった夫婦喧嘩の報せが追いかけて来た。

「――なんと！」

仙蔵は仰天したが、そのときは同僚の報告を旦那と一緒に聞くだけにとどめ、現場へ直接確かめに行くのはひかえた。薄暗くなりかけたなかに聞き込みを入れる。成果なく訝られるだけに終わることが分かっているからだ。

そして今朝、仙蔵は高輪車町に入った。

聞き込みに応じる住人はいなかった。仙蔵は当初、町内の夫婦喧嘩をよそ者に知られたくないとの住人の心境からと解釈したが、もっと大きな圧力が町を覆っているようにも思えた。実際このとき、町役の日向亭翔右衛門が現場近辺の住人に、他言無用のお達しを出したばかりだったのだ。

やむなく現場近くでの聞き込みは断念し、杢之助のいる木戸番小屋に歩を向けたのだった。

「いなさるかい」

声をかけ、返事を待つことなく腰高障子を引き開け、中に入ると素早くうしろ手で閉めた。

「おぉう、大工(でえく)の仙蔵どん。やはり来なすったかい」

「やはり⁉」

「いや」

杢之助はいくらか慌て、

「早耳のおめえさんのことだ。きのう車町の古着買いの住まいで、なんとも物騒な夫婦喧嘩があって、ついそれで来たと思うたからよ。まあ、あそこはまえまえから理由(わけ)ありの夫婦だからなあ」

「ほう、どんな理由で？」

仙蔵は乗って来た。

杢之助は仙蔵に、権之市の外面の極端なよさなどをあらためて話したが、そのようなことは仙蔵も先刻承知だった。退屈そうな顔になったので、

「ほれ、ここの向かいの翔右衛門旦那が仲に入りなすって……」

双方すりこぎと包丁を手にしたが、大事に至らなかったことなどを話した。

「ほう、そんなら二人の身に変化はねえってことですかい」

「ま、そういうことだ」

「そりゃあ、ようござんした」

と、仙蔵は満足げに返し、腰を上げた。仙蔵はそれを知りたかったようだ。まだ午(ひる)には間がある。

さらに知ろうと、三田寺町の捕物好きの旦那は、人数を仙蔵に配(つ)けるだろう。あるいはそうなるかもしれない。

など、れない。

(おめえら、いつ来やがる)

すり切れ畳の上で、杢之助は一人胸中につぶやいた。

これまで耳にしたうわさの量からすれば、

(儂のほうが先行している)

幾許(いくばく)かの安心感はある。

杢之助の脳裡にあるのは、賊どもに門竹庵へ押込ませないのはむろん、

(佐平どんを救うため、権之市を火盗改の手に落としてはならねえ)

そのことだ。

方途は一つしかない。

杢之助の胸中はすでに決まっている。

火盗改が動いたとき、

――すでに権之市はこの世にいない

それである。

しかも、

――人知れずに

これほど確実な口封じはない。

一味の決行の日が気になるのだ。

できれば一味の動きから差配の者をあぶり出し、そやつも葬りたい。急ぎの畜生働きが許せないのだ。

一味が動き始めてから門竹庵へ踏み込む直前に、杢之助のやることは権之市を三途の川へ送り込むことと、もう一つある。権之市以外の賊の捕縛を火盗改に委ねることである。

（いかように）

そのときの賊どもの動きに、相談する以外にない。それこそ周囲の動きと紙一重の動きになろうか。いずれにせよ、権之市を三途の川へ案内する場面から、杢之助がおもてに立つようなことがあってはならないのだ。

心ノ臓が高鳴ってくる。

波の音のように間断なく、それの途切れることはなかった。

針のむしろ

一

数日後に迫(せま)っている。

あるいは、

(きょう⁉)

泉岳寺門前の門竹庵に押込みがあっても、不思議はない。

探(さぐ)り役(やく)の権之市が、

――お仲間らしいお人と、門竹庵さんの間取りについて話していたと、女房のお克が木戸番小屋で差口(さしぐち)しただけで、杢之助がそう判断したわけではない。

経験からである。お克の話、そしてお千佳の話などから、元大盗の副将格の経験が、そう判断せざるを得なかったのだ。

さらにそれは、

――あした。いや、きょうか

火盗改の密偵の仙蔵が木戸番小屋に来て、

――きのう夕刻、権之市とお克のあいだに、殺し合いになるような夫婦喧嘩がありやしたのか

と、確かめに来た日の午過ぎ（ひるす）である。

杢之助は木戸番小屋の腰高障子を開け放していた。すり切れ畳の上から往来人や町駕籠など、いつもの往還（おうかん）の光景が目に入る。街道から大きな風呂敷包みを背負った権之市が、杢之助の知らない顔の男と泉岳寺門前町の通りに入って来た。その男も、大きくはないが風呂敷包みを背負っている。なんらかの行商人を扮（こしら）えているのか、正真正銘の行商なのか、品川方向から権之市とならんで来たようだ。

（お仲間！）

杢之助は直感した。その男がお克のいるところで、権之市と門竹庵の間取りについて話していた男かどうかは分からない。二人は横ならびに歩を踏んでいるが、経験を積んだ杢之助の目には、権之市がその者を案内しているように見えた。

他所から来た者への道案内は、木戸番人の仕事である。

「よしっ」

と、杢之助はいたずら心を出した。役人が泉岳寺門前町に来た場合、杢之助は接触を極端に避けようとする。勘の鋭い役人から、自分の来し方に興味を持たれるのを避けるためだ。

それとは逆に、いま杢之助は権之市と案内されている者の目的を探り出してやろうと思い立ったのだ。

急いで三和土に足を下ろし、下駄をつっかけようとし、

(ん?)

足の動きをとめた。権之市たちの三間(およそ五米)ばかりうしろに、お店者風の男が二人、権之市らとおなじ歩幅で尾いていた。この二人も、街道を品川方面から門前町の通りへ入って来たのだ。権之市たちとの間合いのとり方からみれば、

(お仲間?)

思われてくる。

(それにしては……)

そうも感じる。二人とも若いまじめな、あるいは小心なお店者に見えるのだ。

この光景のなかに、お千佳の姿があった。空の盆を小脇に抱えている。

権之市が数歩、門前町の通りへ入ったときに、盆を小脇にしたお千佳が商舗から出て来たのだ。そこに展開された光景に杢之助は、

（ん？　これは）

と、不思議を覚えた。

権之市は明らかにお千佳に気づき、

（あっ）

と、それらしい所作を示したのだ。

だが、権之市は故意であろう、お千佳を無視し、茶店の前を通り過ぎた。お仲間と話に興じていたわけではない。その者とは肩をならべただけで、無言で歩を進めていたのだ。

お千佳も権之市に気づいた。すでにその目に、権之市はうしろ姿だけになっている。お千佳は手を前に出し、呼びとめる仕草になった。だが首をひねり、うしろ姿を見つめるだけになった。故意に無視されているのを、感じ取ったようだ。

権之市とその仲間は坂道を進み、そのあとにつづいているお店者風の二人も、茶店の前を過ぎ、坂道を上って行った。お千佳にはただの参詣人に見えたことだろう。

二人はお千佳に、なんの関心も示さなかったのだ。

だが杢之助には、二人の行商人と後続のお店者風たちが、目に見えない呼吸でつながっていることが感じ取れるのだ。

盗賊の特技かも知れない。暗い中で互いに無言で意思疎通ができなければ、この稼業はつとまらない。杢之助はその意思の疎通を、権之市たち行商人とお店者風たちのあいだに感じたのだ。

権之市は間違いなく、故意にお千佳を無視した。話しかけられるのを避けていた風情だった。あの極端に外面（そとづら）のいい権之市が、尋常ではない。

杢之助はあらためて首をひねり、

「やあ、精が出るねえ」

と、敷居から往還に出た。

「あ、木戸番さん」

お千佳は笑顔を取り戻した。

お千佳は、さきほど権之市が坂上のほうへ通り過ぎたことは話題にしなかった。無視され気分をいくらか害したのだろう。杢之助も、権之市の不自然なふるまいには触れなかった。

杢之助は話をつづけた。

「坂上にちょいとやぼ用でなあ。番小屋をほんのすこし見ていてくんねえか。なあに、すぐ戻らあ」

「ああ、いいですよ」

お千佳は返した。

木戸番小屋をちょいと留守にするときは、いつもお千佳に声をかけている。留守が長くなるときは翔右衛門に告げ、留守居に日向亭の番頭か手代が入る。留守居が必要なほど外出が長くなるのは、およそ町の用事の場合だ。

杢之助はゆっくりと門前町の坂道を上った。通りは街道から泉岳寺門前まで一丁半（およそ百五十米）ばかりで、そう長くはない。しかもまっすぐなひと筋で往来人がいくらか混み合っていても、相手が脇道にでもそれない限り見失うことはない。

前面にさきほどのお店者風の二人の肩が見え、すこし先に権之市とその仲間らしいのが歩を踏んでいる。この四人を尾ける杢之助の心境は、かつての白雲一味に戻っていた。

盗賊にとって肝要なのは、押込んだあとの逃走経路である。一味が七人も八人もといった場合、とくにそれは大事だ。一味の全員が逃走経路を確認するのに、一人が代表して出向いていたのでは、手違いや早合点が生じる。だから二、三人ずつがひとまとまりになり、無言でうなずきながら経路を歩く。それをあとで確認し合う。そこまでしておけば、逃げるとき一人になっても慌てることはない。押込んでいるときも安心できるのだ。これの精神的作用は、どの盗賊一味にとっても大きい。

権之市を含む四人が、間合いをとったひとまとまりになり、泉岳寺門前町の通りに入って来たとき、杢之助が直感したのは盗賊のこの下調べである。それはおよそ押込みの直前の場合が多い。

あの外面の極度にいい権之市が、お千佳と接するのを故意に避けたのが、杢之助に盗賊の下調べを確信させた。

もし権之市に度量があり、ふてぶてしさがあったなら、門前町の通りに入るとお千佳にも杢之助にも、なんら避けることなく、おもて向きは愛想のいい声をかけていたことだろう。ところが権之市はそれほどの肚はなく、用心深いのか、存外の小心者かも知れない。

行商人二人とお店者風の二人は、一定の間合いをとって門竹庵の周辺を歩き、角を曲がるたびにかすかにうなずきを交わし合っている。

(間違えねえ)

李之助は確信し、さらに周囲に注意を向けた。この四人以外に、それらしい仲間はいないようだ。

（これで一味全員かい）

少ないようだが、町場の盗っ人どもが集まり、一つにまとまるにはちょうど手ごろな人数だ。実地を踏み、すでに四人の脳裡には泉岳寺門前の道筋は、完全に叩き込まれたことだろう。いままた行商人風とお店者風が、かすかにうなずきを交わし合った。

いくらか離れた角で、李之助は思わず微笑（ほほえ）んだ。心情はいま、白雲一味の時代に戻っている。

（おめえら、思い出させてくれるぜ）

李之助は胸中につぶやいた。何度やっても押込みのときは、緊張と恐怖で心ノ臓は高鳴る。慣れるということはない。事前に仲間内とこうして逃走経路を確認しておくと、現場に立ったときの恐怖を軽減できるのだ。その思いに四人はいま浸（ひた）っていることだろう。

（うーむ）

李之助は声に出さず唸（うな）った。

気をつけて見ているのだが、まだ判別できない。

これだけ尾ければ、離れていてもそれぞれの所作から、誰が差配役かは判るものだ。いまのところ、それらしいふるまいをしているのは権之市だ。だが権之市はこの町場で、案内役になっているのだ。ならば権之市と一緒にいる行商人風が頭か。だがそやつは、そのようなふるまいには見えない。杢之助から見れば、権之市を含め四人ともコソ泥の寄せ集めに過ぎない。

(権之市め。コソ泥を町に入れるなんざ、許せねえぜ)

それが殺しまでしているとなると、

(断じて許さん)

杢之助は歴とした盗賊一味を相手にする緊張感より、町の破落戸風情を相手にするときの腹立たしさ覚えた。

四人はそれぞれに参詣人を装い、泉岳寺の山門に向かった。境内には常に人の動きがあり、一カ所に数人がたむろしても怪しむ者はいない。一同はひとかたまりになり、逃走経路の確認をする算段らしい。

(よし)

杢之助はうなずいた。四人が周辺の物見を終えて一カ所に集まれば、話し声は聞こえずともそれぞれの挙措から、誰が差配か分かるだろう。

四人が泉岳寺への参詣客を装ったすぐあとだ。杢之助の足も、山門に向かった。

だがすぐに、

（ん、大丈夫か？）

その足をとめた。

坂下から尾け、門竹庵の周辺では枝道や路地の角へと身を隠しながら四人の姿を常に視界に収めていた。四人は明らかに、押込みと逃走経路を特定しようとしていた。それも一種類だけではない。逃走経路などは仲間が一丸となって引き揚げるほかに、分散して逃走する場合の経路も実地に見極めておくものだ。それは経験ある杢之助が四人にほぼ密着していたから、かれらもそれに倣っていることがほぼ分かった。奴らも、なかなかのものだ。つまりそれほど至近距離に近づいても、四人の誰にも気づかれなかったのは、杢之助が近辺の地理に奴ら以上に精通していたからにほかならない。

だが、泉岳寺の境内は条件が異なる。雰囲気をつかむため近づくには、遮蔽物はなく、参詣人の陰に隠れる以外にない。あいにく白足袋に下駄という、ひと目で木戸番人と分かる姿で出てきている。権之市に限らず他の三人の視界に入れば、すぐ木戸番人と分かるだろう。用心のいい盗っ人なら、すでに町の木戸番人の顔を確かめているはずだ。仲間に権之市もいるのだ。

そこが〝大丈夫か？〟である。

どんなコソ泥であろうと、企(たくら)みが洩れたときや事前の探りで警戒が厳重と分かったときなど、押込みを中止するか標的を変えたりする。杢之助はそうした経験もある。

（まずい）

杢之助は思わざるを得なかった。

木戸番人が警戒していることに気づけば権之市は怖気(おじけ)づき、差配は門竹庵への押込みは取りやめ、権之市に他の商家を探らせることになろうか。

ながれ大工の仙蔵も、古着買いの権之市に目串を刺しているはずだ。三田寺町の〝捕物好きの旦那〟がすでに人数をくり出していることは、じゅうぶんに考えられる。その人数には、仙蔵の知らない顔も混じっているだろう。いますでにそれらの目のいずれかが、権之市に張りつき、

――一味は四人

などと〝捕物好きの旦那〟に報告が行っているかも知れない。

木戸番人の目が一味に張りついているのを覚られれば、それらはすべて御破算になるのだ。当人たちに気づかれてはならない。火盗改の密偵たちにも、木戸番人の出ているのを覚られてはならない。

杢之助の足はいま、泉岳寺の山門前だ。町の住人たちもそれを見ている。杢之助は単に山門の前にさしかかっただけにし、軽く一礼して向きを変えた。

「あらら杢之助さん。ここまでおいでなら寄って行ってくださいな。お茶でも出しますから」

お絹が言いながら門竹庵から出て来た。さいわい山門を入った権之市たちには聞こえていない。

「ああ、手数をわずらわしちゃいけねえ。それに日向亭のお女中に番小屋の留守を頼んでいることだしなあ」

「そうですかあ」

残念そうに言うお絹に、杢之助はちょうどいい機会と思い、

「どうでえ。ちかごろお店に変わったことはねえかい」

「はい。おかげさまで、変わったことはなにも」

往来の者が聞けば、まったくの挨拶に思える。お絹もそのように返した。だが杢

之助にとっては、このあとの行動を左右する重要な問いだった。

(ありがてえ。日向亭の翔右衛門旦那は約束を守り、門竹庵の細兵衛旦那にゃなにも話していねえ)

確信した。

門竹庵が盗賊に狙われているなど、しかもそれがきょうかあすにも予測されるとなれば、翔右衛門はもう細兵衛に話したくてならないだろう。

もし杢之助の〝なにごともなかったように〟との策に従い、どこにも誰にも知らせずにいて、細兵衛やお絹たちをはじめ商舗の者に被害が出たならどうなる。一生悔いねばならないだろう。

もちろん杢之助はそうした重圧や悩みは、百も承知している。

(なあに、儂が体を張って護らせていただきまさあ)

杢之助は胸中に念じたが、事態が思いのほか切羽詰まるなかに、具体的な策はまだ決めることができない。

ともかくいま、盗賊の差配を見定めるより、見張っていることを気づかれないように安全の道を選んだのだが、坂道を下る杢之助の足は重かった。

二

もう午過ぎだが、夜までには存分に時間がある。

(奴ら、落ち着いていやがる)

と、杢之助のほうが焦り(あせ)を覚えてきた。

「あらら、早かったですねえ。訪ねて来た人、誰もいませんでしたよ」

縁台の横に立っていたお千佳が声をかけてくる。

「ま、散歩がてらみてえな用だったからなあ。そうかい、客はいなかったかい。ありがとうよ」

杢之助は返し、木戸番小屋に向かった。権之市が門前町に来ているいま、お克かお駒か、それに佐平でも来れば、新たな展開のきっかけになるかも知れないと漠然とだがそれを期待したのだが、三人とも来なかったようだ。なるほど権之市が門前町に来ているいま、

(車町に動きはないということかい)

思いながら木戸番小屋の腰高障子に手をかけた。

「あ、そうそう。お客さん、一人いました」

背後からお千佳が声をかけてきた。

「え、誰が？　車町のお人かい」

杢之助はさっき頭に浮かんだ三人のうち誰かを想像し、ふり返った。瞬時だから

それが誰か、杢之助にも予測できない。ともかく客があったのだ。

「はい。車町のお人といやあ車町ですが、日向亭（うち）の旦那です。木戸番さん、どこへ出かけたかって」

（なあんだ）

とは思わなかった。翔右衛門もいま、気を揉んでいるはずなのだ。なにぶん〝儂ら二人で解決を……〟と、約束しているのだ。だから杢之助は翔右衛門に、盗賊の迫っていることを伏せておくようにと依頼したのだ。それを翔右衛門が守っているのを、いま坂上で確かめたばかりである。

「あたし、行く先聞いていなかったから、いま旦那さまに木戸番さんが帰ったことを伝え……」

お千佳が言い終わらないうちに、

「おぉ、木戸番さん。帰って来なさったか」

と、日向亭の暖簾から、顔をのぞかせたのは翔右衛門だった。お千佳の声が茶店の中にまで聞こえたのだろう。

「おっ、これは旦那。ちょうどよござんした。いまからお伺いしようと思っていたところでさあ」

返した。李之助はこのとき、意を決していた。

（賊は四人。今夜中にも儂一人でなんとか……）

仙蔵以外の火盗改の密偵が複数人、門前町や車町に入り込んでいることを意識した決意だった。

権之市を始末してから、あとは火盗改に任せるというのは、あまりにも漠然としすぎて具体性に乏しく、危険でもある。

一味が権之市を含めて四人というのは、新発見であると同時に、李之助にとっては好都合だった。

この人数なら、李之助には一人のほうがやりやすい。それに四人の中でどれが差配か見分けられなかったのは、兄貴分的な者はいても、確たる頭などいない、寄せ集めの一味に過ぎないからかも知れない。

きょう陽が沈むまで、間があるのは四人組だけではない。李之助にとってもおなじなのだ。

（じっくり観察させてもらうぜ）

そこまでのことを杢之助は、お千佳の口から翔右衛門の名が出て、その翔右衛門が暖簾から現われ、木戸番小屋に近づいて来るまでの瞬間的なあいだに、脳裡へ巡らせていた。

こたびも事のながれから、杢之助が日向亭に出向くのではなく、翔右衛門のほうから木戸番小屋に雪駄を脱ぐことになった。そして木戸番小屋がまた、日向亭の一室になった。お千佳が翔右衛門につながるようにお茶を運んで来た。

帰りしな、外から腰高障子を閉めようとするお千佳に、

「あ、そのままにしておきねえ」

「えっ、いいんですか」

お千佳は敷居の外から言う。

杢之助は応えた。

「ああ、さっき車町の権之市が坂を上って行ったろう」

「え？　見てたんですか」

「あはは。権之市め、なにやら理由ありそうで。それの帰るのを確かめたくてな」

「どうしてまた」

お千佳は怪訝（けげん）そうな表情になった。

「理由は大事なことじゃでな、旦那さまへ直（じか）に話しておきてえ」

お千佳に話しているのだが、その実、もう翔右衛門への話が進んでいる。

翔右衛門はすでに三和土に入っている。

すり切れ畳に上がって足を杢之助に合わせ、あぐら居に組みながら、

「どういうことですかな。あの権之市が、いま門前町に？」

「へえ。来ておりやす」

杢之助は翔右衛門に応えると、視線をふたたび敷居の外のお千佳に向け、

「ここからじゃと見落とすかも知れねえ。お千佳坊も気をつけていて、奴がふたたび坂を下りて来たら、儂にそっと知らせてくんねえ」

「は、はい。そっとですね」

お千佳は念を押すように返した。木戸番小屋の外から声を上げて知らせるのではなく、

「そう、権之市に気づかれねえように、な」

「おもしろそう」

言ったお千佳に翔右衛門がすり切れ畳の上から、

「これこれ、なにやら理由ありそうじゃで、木戸番さんの言うとおり、そっとですよ」

「はい。分かっております」

お千佳は腰高障子を一尺（およそ三十センチ）ばかり開けたまま、日向亭の縁台に戻った。翔右衛門はそれを待っていたように、

「どういうことですかな。いったいなにが進行しているのでしょう。さあ、聞かせてくだされ」

真剣というよりも、緊張を帯びた視線で杢之助を凝視した。二人はいますり切れ畳の上に、最も話しやすいあぐら居で対座している。

「実は旦那さま、儂は気づいたんですがね」

杢之助はかつて諸国を走ってあちこちから聞いた話として、盗賊一味の決行直前の動きや、

「盗賊どもも、聞いた話では、ほんとうは恐いんでさあ」

と、その心理などを語り、

「おそらく今宵」

と、予想を披露した。

「えっ。きょう!?」

翔右衛門は事態の切羽詰まっていることに驚いたが、盗賊も凶暴というより実際はびくついているとの心理を聞き、さらに人数がわずか〝四人〟という、思ったより少ないことから、杢之助の予測に真実味を感じ、

「ほんとうに誰にも知られず、なにごともなかったように処理できますのか。お克さんには悪いが、権之市を人知れず葬(ほうむ)ることも」

声を極度に落とし、落ち着いた口調で言った。

翔右衛門もすでに覚悟を決めているのか、町の住人である権之市をこの世から放逐することに、うしろめたさも極度の恐怖も感じていないようだ。権之市は愛想のいい一方において、すでに盗賊の急ぎ働きのお先棒を担ぎ、善良な人々の命を残忍に奪っているのだ。

そのような男を葬る。うしろめたさや恐怖感よりも、そうした男が愛想よく町内に住んでいたことが、

（許せない！）

思いになっているのだ。

杢之助は応えた。

「儂も当初は、もっと大がかりな盗っ人の一味かと思うておりやしたが、過大に見積もり過ぎておりやした。わずか四人で、権之市がまったくの仲間のようにふるまっているところからも、火盗改が出張るまでもない、コソ泥の寄せ集め程度に過ぎねえと判断いたしやした」

翔右衛門は言う。

「したが、急ぎ働きの凶暴な奴らでは……」

「それはさきほども申しやしたとおり、奴らの恐怖心の裏返しでさあ。押込まれたほうは、この上ねえ災難というほかありやせん」

話しながら杢之助は、視線をお千佳が開けていった腰高障子の外にながし、翔右衛門もそれにつづいた。四人組はまだ引き返して来ていないようだ。縁台に茶飲み客が座ったのだろう、お千佳の声がときおり聞こえる。

屋内から外はよく見えるが、外から部屋の中は薄暗く、人が来ていることは見分けられても、顔までは分からない。

「で、木戸番さん。いかように」

翔右衛門はさらに顔を近づけなければ聞こえないほどに声を落とし、杢之助の表情をのぞき込んだ。

　杢之助は間もなく、

「四人は来たときとおなじ組合せで引き揚げやしょう。あとを尾けやす」

「どこへ」

「分かりやせん。たぶん品川あたりの、やつらのねぐらになりやしょう」

「そこで、いかように……」

　翔右衛門は極端な低声ながら、落ち着きを失っている。杢之助に見かけに寄らず必殺の足技があることは、杢之助が小田原から門竹庵細兵衛の妹のお絹とその娘のお静を盗賊から護りながら、泉岳寺門前町に送り届けたその日に目の当たりにしている。細兵衛が街道から通りに入ったところで不逞の輩に襲われるという事件があった。杢之助たちが門前町の通りを踏んだときだった。杢之助は動いた。不逞の輩どもはたちまちその場にうずくまった。周囲の者は気がつかなかったようだが、茶店の日向亭翔右衛門は、ちょうどそれを目撃する角度にいた。

　翔右衛門は驚愕し、声を失った。

　あとでお絹に訊くと、小田原から泉岳寺門前町まで帰る四日間、盗賊に命を狙われ、お絹も十二歳になるお静も目撃はしなかったが、泉岳寺に着いたときには、それら盗賊の影は消えていた。

お絹は、

(李之助さんに特殊な技がありなさって、賊どもをいずれかに……)

感じ取っていた。

あまりにも特異なことで、お絹は細兵衛と翔右衛門以外に、その話はしなかった。細兵衛は半信半疑であり、その一端の足技を目撃した翔右衛門は、やはりあまりにものことから、お絹同様に、

(他人に話してはならないこと)

と解釈し、他所で話すことはなかった。

その翔右衛門がいま、

(この木戸番さん、盗っ人四人を相手に、あの技をまた……)

李之助の言葉の一つひとつに、確かめるように問いを入れた。

「まっさきに、権之市を!?」

「そのつもりで。奴め、盗賊の一味として火盗改に挙げられりゃ、いえ、死体になっていても、お克さんまで累を喰らいまさあ。なんとか盗っ人のとばっちりが及ば

ねえよう、算段いたしやす」

「で、できますのか」

翔右衛門の低い声は上ずっている。

「分かりやせん。状況を見据え、やってみなきゃ」

「なんとか！」

「むろんでさぁ」

哀願するようになった翔右衛門に、杢之助は返した。その胸中には、お克を助けることと、もう一つの人助けがある。

権之市が錠前直しの佐平に近づこうとしていたことを、火盗改に嗅ぎつけられるのを防がねばならない。佐平は杢之助にとっては自分の〝同類〟なのだ。町奉行所だけでなく、火盗改も〝錠前開けの仁平〟の名は記憶にとどめていよう。〝錠前直しの佐平〟から火盗改にそれを連想されたなら、佐平は向後の生き方に安泰を得られなくなるだろう。

杢之助はそうなった事態をわずかでも脳裡によぎらせれば、もう心ノ臓が高鳴ってならないのだ。

もちろんこのことは翔右衛門をはじめ誰にも知られてはならない、杢之助一人の秘め事である。

「お克さんだけじゃのうて、門竹庵さんもすべて救うことができますのか」

翔右衛門はまたおなじことを問う。

李之助は返す。

「へえ。やってみなきゃ分かりやせん」

「そんな！」

翔右衛門は言葉に詰まった。

李之助は腰高障子の外へ目をやり、つぶやいた。

「おっ。奴ら、戻りやすぜ」

「えっ」

翔右衛門も視線を外へ向けた。

往来人が幾人か見える。だがそのなかに権之市の姿はない。

「どこ」

「へえ、仲間の二人でさあ。ということは、すこし先に権之市たちが進んだということになりまさあ。儂ら、話に夢中で見落としたようで」

「えっ」

翔右衛門は腰を上げようとした。殺しをともなう謀議に、前後を失っているようだ。

「待ってくだせえ。さっきお千佳坊の姿がチラと見えやした」

「ふむ」

翔右衛門が返すのと同時だった。腰高障子のすき間を人影が埋めた。お千佳だ。杢之助の〝そっと〟と言った言葉を守っているようだ。障子戸のすき間から顔だけ三和土に入れ、

「いま、権之市さん。街道へ」

低声（こごえ）で言う。

「品川方面へ向かったか、それとも高輪大木戸のほうか」

さすがはお千佳である。すぐに報せるのではなく、すこし間合いを置いてから、しかも街道に出てからの歩の向きまで見ていた。品川方面なら、一味のねぐらに戻ると思われ、大木戸方面なら、権之市の家にでも潜むことになろうか。お克の身の上が危ない。

「品川方面でした」

お千佳は言う。

「よし」

杢之助は返し、

「それじゃ旦那、あとはよろしゅうおたの申しやす」

杢之助は言うと腰を上げ、壁にかけてあった笠をとった。

お千佳は権之市たちの動向は慥と見ていたが、等間隔でそれにつづくお店者風の二人には無関心か、まったく触れなかった。来たときもいまも意識していないようだ。それが若者とあれば、縁台の客にもならない。

翔右衛門もお千佳の低声で我に返り、

「ふむ、ご苦労でした。帰って縁台の仕事をつづけなさい。そうそう、手代に番小屋へ来るように言っておいてください」

いつもの鄭重な商人言葉で言う。

「はい」

お千佳は杢之助の言葉どおり、返事までそっと返し、おそらく手代にも旦那の言葉をそっと告げることだろう。

この一連の静かな動きに、門前町の通りに歩を踏んでいた住人も参詣人も、木戸番小屋が重大な一歩を踏み出したなど連想する者はいないだろう。

翔右衛門もいつもの落ち着きを取り戻し、気を利かせた。

「木戸番さん、これを。いつどこで必要になるか分からんでしょう」

ふところから取り出した巾着を、そのまま渡した。

「これは！　旦那」

ありがたかった。こたびはどこまで出向き、どこで金銭が必要になるか分からないのだ。

杢之助は押し戴くように受け取った。

このあとすぐ白足袋に下駄ではなく、遠出を想定してわらじを履き笠をかぶり、地味な着物を尻端折に、街道を品川方面に向かった。下駄でなく町名の墨書された提灯を持っていなくとも、いくぶん前かがみなところなど、どこから見てもどこかの町のしょぼくれた木戸番人だ。首には拍子木の紐をかけた。昼間から打つことはないが、拍子木は木戸番人の身分証明になり、どの時分にどこを出歩いても町の用事のようで、住人から訝られることはない。

木戸番小屋の留守居は長時間になれば、町役の翔右衛門が責任をもって店の者を入れる。

すでに日向亭の手代が入り、翔右衛門は店に戻った。この処置をいつも翔右衛門は適切におこなっており、それは杢之助にとっては実にありがたく、心強いものだった。

街道に出た杢之助は、往来人や荷運びの荷馬や大八車、町駕籠などの行き交うなかに、さきほどのお店者風二人の背をとらえた。

三

泉岳寺から品川宿まで、袖ケ浦の海浜に沿って街道は伸び、品川の町場の家並みは、泉岳寺門前町の木戸番小屋や茶店の日向亭からも視界の内にある。

陽は中天を過ぎている。

杢之助はその東海道を行く往来人の一人になっていた。

行き交う旅姿の者も行商人も町駕籠も荷馬や大八車も、すべて行き先も目的もあり、街道に歩を踏んでいる。むろん木戸番人姿の杢之助も前方を睨み、憔と歩を進めている。

だが、行き先はどこなのか、そこに着けばなにをすることになるのか……。それが分からない。すべては、いま尾けている相手次第なのだ。

確実なことが一つある。それはこのながれのなかに、一人で終わるか二人になるか分からないが、殺しが含まれているということだ。

それ以外に、足を品川に向けなければならなくなったとき、杢之助には常に気を揉まねばならないことが一つある。

太一だ。

杢之助が十年ばかり過ごした四ツ谷左門町の木戸番小屋の奥に、一棟五部屋の長屋があった。

杢之助の日常の面倒をみたいと願っていたおミネは、この長屋の住人で、清次と志乃の営む一膳飯屋を手伝っていた。おミネに太一という幼児がいた。二、三歳のころから、おミネが一膳飯屋を手伝っているとき、太一は杢之助の木戸番小屋で遊んでいた。

朝方おミネが太一を木戸番小屋に連れて来て、夕刻に引き取りに来るのだ。手習い処に通うようになってからも、太一は木戸番小屋から通い、木戸番小屋に帰って来るのだった。まるで木戸番小屋の子のように見えた。左門町の者も、そう感じ取っていた。

杢之助がおミネの想いを受け入れられなかったのは、太一の行く末を思えばこそだった。もちろん、おミネを元盗賊の女房にできないことが最大の理由だった。それを押しておミネが木戸番小屋の女房になったなら、木戸番小屋で天真爛漫に育っているはずの太一は、元盗賊のせがれになってしまう。そうさせてはならない。杢之助がみずから招いた宿命である。

清次と志乃はそれを知っている。だが、おミネにそれを話すわけにはいかない。

清次と志乃が一緒になったのと、まったく条件が異なるのだ。

縁あって太一が、品川の海鮮割烹の浜屋に、包丁人見習いとして奉公に上がったのは、十二歳のときだった。

杢之助が土地の岡っ引への合力から、つい必殺の足技を披露してしまい、逆に岡っ引に目をつけられ、四ツ谷に住めなくなって両国米沢町に移り、いままた高輪泉岳寺の門前町に移った。

四ツ谷からはさらに離れたが、太一のいる品川に近づいてしまった。天保九年のいま、太一は十五歳になっている。奉公も板についていることだろう。

浜屋は品川市中だが本通りの街道からいくらか離れ、浜に近い静かな料亭街の一角に門を構えている。

これまで幾度か品川の街道に歩を進めたが、そのたびに速足になり、料亭街の太一とばったり出会うことはなかった。こたびはどうか。街道を品川の町並みを通り抜けるだけになるかどうか、それが自分では決められないのだ。

盗賊一味がねぐらを置くようなところは、街道を外れた雑多な町場の一角に多い。そうした町場もまた、街道から浜に寄ったあたりに集まっている。浜屋のある静かな街並みの裏手あたりにも、そうした町場はある。

いま、ばったり出会う場面が近づいているのかも知れない。

会えば太一は仰天し、訊くだろう。

『杢のおじちゃん！　どうして!?』

杢之助は足をすくませるだろう。まさかお上の目をくらますためなどとは言えない。その場を切り抜ける手立てを、杢之助は持ち合わせていない。

足は一歩一歩、品川宿の町場に近づいている。

およそ盗っ人には見えないお店者風二人の背を追いながら、

（その小心な雰囲気が、本物のおめえらかい。それともそう扮えているのかい。だったらおめえら、大した役者だぜ）

泉岳寺門前町の坂道で覚えた感想をふたたび脳裡にめぐらし、お店者風の背を追った。その先を行く権之市たちの足はもう品川宿の町並みに入った。

状箱（じょうばこ）を肩にした飛脚が杢之助を追い越し、さらにお店者風たちも抜き去り、品川宿の町並みに入って行った。

「ふむ」

うなずいた。どこまで走るのか、杢之助には懐かしい光景だ。

お店者風二人の足も、品川宿の町並みに入った。

もう飛脚のうしろ姿は、往来人の行き交うなかに見えなくなった。

（うっ）

杢之助はうなった。人や荷の行き交うなか、前方を進んでいた権之市たちの背が瞬時、左手の海辺のほうへ入ったように見えたのだ。浜屋のある方向ではないか。

（間違いであってくれ。出て来てくれっ）

杢之助は胸中に念じた。

無駄だった。お店者風二人の背も、権之市たちの曲がった枝道に入って行ったのだ。

杢之助は一度、そっと浜屋の暖簾を見に行ったことがある。

（――ふむ。立派な割烹に、奉公させてもらってるな）

満足を覚え、泉岳寺門前町に帰って来た。

そのほうに向かう枝道にいま、四人の盗っ人どもは歩を踏んでいるのだ。

（あの閑静な料亭街、おめえらには似合わねえぜ）

思いながら杢之助はつづいた。

（せめて料亭街から離れたところへ）

祈った。

だが、願いはかなわなかった。

ますます浜屋に近づく。

しかも往還（おうかん）の角を曲がるとき、浜屋の暖簾がチラと見えたではないか。

杢之助は笠の前を引いた。前方の四人から顔を隠したのではない。不意に板前姿（いたまえ）の太一が出て来たときへの対処である。このほうが杢之助にとっては、緊張し心ノ臓が高鳴る。

前方のお店者風二人の背を見失わぬよう、また不意に太一が出て来るかも知れないことにも気を遣（つか）い、歩を進めた。木戸番人姿で来たことが悔やまれる。木戸番人は太一にとって〝杢のおじちゃん〟の姿なのだ。遠くから見ても気づき、走り寄って来るだろう。

そのような懸念を胸に秘めながらも、歩を進めるにしたがいいくらか気が休まった。足は浜屋を離れていたのだ。

細い枝道で幾度か角を曲がり、前方の権之市たちの背はよく見えなくなるが、後方のお店者風二人の背は慥と捉えている。

(ほう。こんなところがあったのか)

などと思えるところに出た。小さく粗末な家々が建ちならび、住人が忙しなく行き交っている。浜屋というより料亭街の裏手の一帯である。

以前、浜屋の玄関を見に来たとき、こうした裏手のほうにまでは足を運ばなかった。そんな町のようすに、

(なるほど)

と、思えてくる。

雑多な町並みのなかに木賃宿が数軒、ならんでいるのだ。おもての街道筋の旅籠が、旅人や府内から遊びに来る行楽客がわらじを脱ぐところなら、行商人や出稼ぎや日傭取の人足などが入るのは、こうした裏町の木賃宿ということになる。そのような裏町は品川宿の随所にあるようだ。

そうした宿の玄関は閉める門扉もなく、深夜も自儘に出入りできる。行商人などはそこから商いに出ているのだから、きわめて便利だ。部屋はもちろん一人用もあ

るが、ほとんど相部屋である。

食事は出ない。台所はある。自炊する者がけっこういて、宿から薪を買って自分で火を熾し、煮炊きをする。だから〝木賃〟宿というのだ。

杢之助も飛脚時代、深夜に泊まり込んで朝早くに近辺の一膳飯屋や煮売り屋でさらりと朝をすませ、また出て行ったことが幾度もあり、そうした木賃宿の便利さと宿代の安さはよく知っている。

そんな木賃宿の一軒に、お店者風の二人は入って行った。見るからに定宿にしているような足取りだった。おそらく権之市たちはさきに入り、中では相部屋になっているのだろう。

（ここでやつら、どうする）

杢之助は思った。

また心ノ臓が高鳴った。

東海道に歩を踏んでいるとき、盗賊一味が品川にねぐらを構えているのなら、そのようすを窺って権之市だけを葬り、あとの三人の処理は、

（それから考える）

その算段を、漠然とだが立てた。

権之市はねぐらに着いてからか、それとも途中で引き返し、ひとたび高輪車町に帰り、夜更け(よふ)てから三人が来るのを泉岳寺門前町に近い街道で待ち、門竹庵に押入る……。

李之助はそう踏んだのだ。ならばこのあと、権之市が一人になることが多く、ともかく〝権之市だけ〟さきに葬る機会はじゅうぶんにあることになる。

ところが権之市は、お仲間がねぐらにしている木賃宿に入ったまま出て来ない。算段の狂ったことを、認めざるを得なかった。

認めればあとは早い。新たな算段だ。

それを考える李之助の胸中を、強く制約するものがあった。

太一が近くにいる……、そのことだ。裏手の町場で事件があれば、浜屋でも話題になるだろう。そのうわさ話に太一も加わる。

——刃物ではない、奇妙な死に方をした者がいる。まるで首筋を、棒で打たれたような

まったく奇妙であり、太一には連想するものがあるかも知れない。

考え過ぎであろう。太一は李之助の必殺の足技を知らないのだ。

だが李之助は、みずからに制約を課した。

（浜屋の近くを舞台に、事件を起こせぬ）

ならばどうする。

四人は今宵、ここからそろって泉岳寺門前町に出向こうか。そのための午間の物見だったはずだ。

深夜に押込んだあと、四人は品川の木賃宿に戻り、権之市一人があしたになってから高輪車町になに喰わぬ顔で戻る。権之市は事件のあった日の夜、他出して地元にいなかったことになる。

それに対応する策は一つ、

（いまから奴らに張りつき、その動きに合わせ、一緒に泉岳寺に向かう。あたりはすでに暗い。夜陰に乗じ街道で仕掛け、権之市一人を屠る。暗い街道でなら、できないことではない）

杢之助には自信がある。

だがあとのことは、

（そのときの状況による）

朝になれば、杢之助は木戸番小屋に戻っている。

最上の出来は、

『さあ、きょうも稼いで行きなされ』

木戸を開け、朝の棒手振たちに声をかけることである。

(決めたぜ)

杢之助は胸中につぶやき、権之市たちが部屋をとっている木賃宿の玄関が見張れる木賃宿に、わらじを脱いだ。夜でも部屋の雨戸を開けておれば、権之市たちの木賃宿の玄関の周辺が見える。

「わしゃ大いびきをかくでなあ、部屋は一人にしてもらいてえ。見てのとおり、ある町の木戸番人でなあ。理由あって、深夜に他出するかも知れねえ。宿代は事前に一日分置いとかあ。まあ、町の公儀でなあ、怪しまねえでくんねえ」

宿のあるじに言い、ふーっと大きく息をついた。翔右衛門から預かった巾着が、ここでものを言ったのだ。

もしこのとき杢之助が無一文だったなら、

(ともかく決着を)

と、白昼にことを起こし、太一のいる町で杢之助の姿がおもてに出る、きわめてまずい事態を招いていたかも知れない。日向亭翔右衛門の功績は大きい。なにしろ杢之助の門前町初日から特異な足技を見抜き、

（――これはっ）

と、かえって周囲には秘匿し、並みの人物とは思えない杢之助に、頼りになる木戸番人として秘かな期待を寄せているのだ。翔右衛門は泉岳寺門前町と高輪車町の二つの町の町役として、町の平穏を守るため、木戸番人の杢之助と一体となっているのだ。

四

杢之助が盗っ人一味のあとを尾け、泉岳寺門前町の木戸番小屋を出て街道に歩を踏んだ時分、陽は中天を過ぎ大きくかたむいていた。

そのあと木戸番小屋に、重大な動きが連続した。

番小屋に日向亭の手代が入り、翔右衛門が店に帰ってからすぐだった。

「あららっ」

と、まずお千佳が気づいた。

権之市の女房のお克が下駄の音を立て、小走りに門前町の通りに入り、

「木戸番さーん、おいでですかあっ」

木戸番小屋の腰高障子を、返事を待つまでもなく音を立て引き開けた。お駒に付き添われてではない。一人で車町から小走りに駈けて来たようだ。障子戸を開け、

「えっ、日向亭のお手代さんがどうして。木戸番さんはっ」

権之市に普段と違った動きがあれば、

「――ともかく知らせてくれ」

と、杢之助がお克に言ってあることは、お千佳も聞いており、翔右衛門の耳にも入っている。

お千佳は気を利かせ、お克と手代のやりとりをのぞくよりも、

「旦那さまーっ」

日向亭の中に飛び込んだ。

翔右衛門は驚き、木戸番小屋に急いだ。

お克は三和土に立っていたが、手代とのやりとりでは埒（らち）が明（あ）かない。

翔右衛門はみずからもすり切れ畳に上がって端座になり、お克も手招きで上に上げた。

「お千佳」

翔右衛門は言うと、

「は、はい。すぐに」

お千佳は戸惑う手代をうながすように店に戻り、茶の用意をしてまた木戸番小屋に入った。

あるいはこの時点で手代を街道に走らせていたなら、品川の町並みに入ったあたりで杢之助を見つけていたかも知れない。だが手代は二十代と若く、その小走りの動きは権之市たちに知られる危険性がある。翔右衛門は安全の道を選び、手代を走らせることはなかった。

お千佳は盆をすり切れ畳に置くとすぐ退散したが、お克は翔右衛門に権之市の動きを知らせるよりも、逆になにやらを訊き質していることが聞き取れた。翔右衛門は落ち着いているが、お克は来たときからそうであったが、切羽詰まっているようだ。

木戸番小屋の中はすり切れ畳の上に翔右衛門とお克が端座で差し向かいになり、お克は上体を前にかたむけている。

杢之助のいないことを残念がりながらも、お克はお千佳が聞いたとおり、

「それがまさか、きょうを意味するのでは！」

と、説明よりも翔右衛門に問いを入れていた。

お克の話によれば、権之市はけさがた、

「――ちょいと遠出をして、今夜は帰らねえから」

と、言って家を出たらしい。

ところが権之市はきょう午前、杢之助があとを尾けたとおり泉岳寺門前で盗っ人仲間と門竹庵の周辺の地形を確かめていた。

それを杢之助だけでなく車町の住人にも見かけた者がいて、お克に知らせたらしい。お克は権之市たちが、こともあろうに門前町の門竹庵を狙っているらしいことはうすうす気づいている。それで〝まさか、きょう〟と仰天し、ともかく木戸番人にと走ったのだった。

お克にすれば、両方の町の町役を務める翔右衛門は、木戸番人とはまた違って信頼できると思ったのかも知れない。実際、翔右衛門は杢之助とは違った意味で信頼できる。お克はこの町役に訴えるように言った。

「あたし、盗賊の女房になってしまう！　そんなの、恐ろしい!!」

「しーっ」

翔右衛門は口に指をあて、

「いま門前町の木戸番は留守じゃが、公の用事でしてな。それも町に騒ぎを起こさせないためです。だからお克さんも慌てず、門前町を信じ、家で静かにしているのが肝要と思いなされ。さあ」

と、手で腰高障子のほうを示し、

「いいですかな。なにがあろうと、騒がず……」

翔右衛門は、杢之助が権之市をこの世に戻れないようにすることを念頭に置いて言ったのだが、お克がそれをどこまで解しているか分からない。ただ、

「は、はい」

うなずきを返していた。

お克がまだ心配そうな表情で番小屋から出て来て、車町のほうへの角を曲がると同時に、

「旦那さま！」

お千佳は木戸番小屋に飛び込んだ。

「ん？　おまえまでそんなに慌てて。どうしました」

驚く翔右衛門に、お千佳は三和土に立ったまま話そうとする。さきほど翔右衛門はお克に〝慌てるな〟と言ったばかりである。いま身内のお千佳が慌てている。お千佳は言う。

「いま車町のお克さんが来ているはずだ、自分も同席させろ！　と」

「誰が」

「よく来る、ながれの大工さんが。そうそう、仙蔵さんといいましたねえ」

「なに？」

お千佳も翔右衛門も杢之助のようにながれ大工の仙蔵を火盗改の密偵と断定まではしていないものの、大工仕事の用事でもなく頻繁に木戸番小屋に来ていることから、

（ただの大工とは思えない。お上となんらかのつながりがあるのでは）

と、それくらいは感じ取っている。もちろん感覚的にであり、翔右衛門もお千佳もこれについて、杢之助と話したことはない。

おそらく仙蔵は、関連するうわさを得てお克を訪ねると、どうやら杢之助の木戸番小屋に行ったらしい。そこで門前町の木戸番小屋に急ぐと、向かいの日向亭の女中に用件を聞かれた。仙蔵は強引に杢之助とお克の場に立ち会わせろと言い、そこからお千佳は、

（なにやら重大な動きが）

と、機転を利かせ、仙蔵が木戸番小屋の腰高障子を引き開けるのを押しとどめた

のだった。

仙蔵が無理やり腰高障子に手をかけていたなら、そこにいるのは町役の翔右衛門とお克だ。事態は複雑に発展したかも知れない。

慌てているお千佳に翔右衛門は言った。

「木戸番はほれ、留守ではないか」

「はい、だからそう言って、いま日向亭のあるじが応対していると話すと、木戸番さんはどこへ行った、日向亭のご亭主がお克さんとどんな話をなどと訊くものですから、番頭さんに頼んで、いまお商舗の奥の部屋に」

お克がこの時点での権之市のみょうな動きを知ったように、仙蔵もまたそれを知り、事態を把握しようと焦ったのだろう。その焦りをお千佳は〝なにやら重大な動き〟と捉え、翔右衛門もお千佳の慌てようから、

（あの大工、いったい！）

感じたのだろう。

「ふむ。よく押しとどめてくれた」

と、お千佳を褒めたところへ、大工の道具箱を担いだ仙蔵が背後に立った。お千佳は腰高障子を開けたまま、三和土に立って話していたのだ。仙蔵は日向亭の部屋

から無理やり出て来たようだ。

「あっ」

お千佳は声を上げ、仙蔵は、

「旦那！」

と、敷居をまたぎ、一歩三和土(たたき)に踏み込んだ。

この日、午前(ひるまえ)から権之市たちが泉岳寺門前を探るように徘徊し、そのあとを杢之助が尾けて品川まで出向いた。ここまではいいが、そのあと木戸番小屋をお克が急ぎ足で訪(おとな)い、そこへながれ大工の仙蔵が強引といってもよいほどの勢いで、木戸番小屋の敷居をまたいだ。

こうなれば、泉岳寺門前町になにやらがうごめいているのではと、勘ぐる住人が出ても不思議はない。

それを意識したか翔右衛門は、すり切れ畳の上できわめて冷静に、端座の姿勢を崩さず、

「これは大工の仙蔵さん。そんなに慌てたようすで、どうなされたかな。急に崩れた家など、この町にはありませんが」

皮肉もいくらかこめて言い、手持ち無沙汰に立っていたお千佳に、

「仙蔵さんにお茶の用意を」

「は、はい」

お千佳はすぐに引き返した。

客人でもないながれの大工に町役がお茶など、きわめて珍しいことだ。

「そ、それは」

仙蔵は恐縮し、機先を制せられた態となった。

お千佳が盆に湯呑みを載せ戻って来たとき、翔右衛門はまだ端座のままだった。

仙蔵は道具箱を脇に置いてすり切れ畳に腰を下ろし、部屋はくつろいだ雰囲気になっていた。お千佳は湯呑みをすり切れ畳に置くと、早々に退散した。

仙蔵にしては、杢之助ならともかく翔右衛門相手に火盗改の聞き込みをにおわせるような問いはできない。

「いえいえ、仕事とは別に、門前町の木戸番さんには日ごろから親しくしてもらっていやしてね。いろいろ町のうわさなども聞かせてもらっておりやすのさ」

「そのようですねえ。おまえさん、よく此処へ来なさっているようですから」

仙蔵はさらに言う。

「で、いつもの木戸番さんはいずれへ。それにここんところ、この町に変わったことは起こっておりやせんかい。さっきも車町の古着買いのおかみさんが来てなすっていたようで。いってえ、なんの話で？」

と、やはり仙蔵は問いを入れずにはいられない。

「そりゃあ此処には門前町だけじゃのうて、近辺の町々からも、夫婦喧嘩じゃ親子喧嘩じゃと相談事がよくまい込みますからなあ。いまも町内のお寺さんの檀家の揉め事で、お住からまとめ役を頼まれ、出かけておりましてな。さ、お茶、冷めぬうちに」

翔右衛門は仙蔵の間合いを外し、なおもゆっくりとした口調で言う。

仙蔵はまったく勝手が違う雰囲気に、町の動きへの探りはあきらめ、出された茶に口をつけ、早々に退散せざるを得なかった。長居をし、なおも問いを入れようとすると、逆に自分の意図を見透かされ、火盗改の密偵をおもてにされてしまいそうな気になったのだ。

しかもさきほどは強引に木戸番小屋に入ろうとして、おもてでお千佳をはじめ日向亭の番頭ともひと悶着を起こしているのだ。最初から仙蔵には翔右衛門に対し、うしろめたさがある。人と人の駆け引きは、年の功もあってか仙蔵よりも翔右衛門のほうが一枚上手のようだ。

木戸番小屋に動きは、これだけではなかった。

仙蔵が道具箱を肩に木戸番小屋を退散し、お千佳が空の盆を手に湯吞みをかたづけに来て、

「なんだかきょうは木戸番さんがいないというのに、かえって千客万来みたいですねえ」

「ああ、まったくだ」

と、話しているところへ、

「おや。木戸番さんじゃなく、日向亭さんがここに。またどうして」

と、木戸番小屋の三和土に立ったのは、門竹庵細兵衛ではないか。杢之助が留守にしている門前町の木戸番小屋に、門前町の町役総代の門竹庵細兵衛と、門前町と車町の町役を兼ねる日向亭翔右衛門の顔が、すり切れ畳の上と三和土にそろった。こんなことは門前町始まって以来なかった。

それだけではなかった。

細兵衛のあとを追って急ぎ足の下駄の音を立て、木戸番小屋の三和土に飛び込んで来た女がいた。細兵衛の妹のお絹だ。

「えぇえ！　杢之助さんの身辺になにか異変がというから、兄さんを追って来たら中は日向亭さん!?　どういうこと？　杢之助さんは？」

と、お絹は立ち尽くす。

おそらく門竹庵からもただの大工ではなさそうだと見られていた、ながれの大工の仙蔵が木戸番小屋の前でひと悶着起こしたのが、坂上まで伝わったのだろう。細兵衛が心配して坂下に向かい、それを見て、

（木戸番小屋になにが？）

と、お絹も心配になり、下駄をつっかけ細兵衛のあとを追ったのだった。

「えええ！」

お千佳はかたづけようとしていた湯呑みを落としそうになった。

これで町内の子たちが諸国話をせがんで木戸番小屋に押し寄せたなら、まさしく千客万来と言えよう。さいわい子たちはきょうも海浜かいずれかのお寺の境内に遊び場を見つけたか、木戸番小屋に押し寄せることはなかった。

すり切れ畳の上で、

「こ、これは！」

と、翔右衛門は明らかに困惑の態になった。

車町の権之市を含む凶悪な急ぎ働きの一味が門竹庵を狙っていることは、町の平穏のため、事前に門竹庵に知らせることなく、杢之助と翔右衛門のみが知るものとし、権之市を始末したあと、高度な策が必要となるが火盗改に始末をつけてもらおうと話し合っていた。

それが一味の人数がわずか四人のようだと見極めがつくと、門竹庵にも火盗改にも知られず、権之市の決着はつけるが、あとはなにごともなかったように始末しようと、杢之助と翔右衛門のあいだで話はまとまっていたのだ。

ところが火盗改の密偵の仙蔵がなにやら嗅ぎつけひと悶着起こしたばかりに、いま門竹庵の細兵衛とお絹が、杢之助のいない木戸番小屋の三和土に押っ取り刀で立つところとなったのだ。

「うーむむむっ」

翔右衛門はまたすり切れ畳の上でうなった。杢之助不在のなかに、どうすべきか迷っているのだ。

こうなった以上、細兵衛とお絹にすべての経緯を話す以外選択肢のないことは、翔右衛門には分かり切っている。だが、いま品川方面に出向いている杢之助の意向が気になる。

三和土に立ったまま門竹庵細兵衛が、

「日向亭さんっ」

強い口調で事情を説明するよう催促し、

「いったい!?」

と、お絹も狭い三和土に一歩あゆみ出た。

お千佳は盆を両手で支え持ち、ただ茫然としている。

「門竹庵さん！　話しましょう。お絹さんも一緒に、上へ！」

翔右衛門は意を決した。言うとすり切れ畳を手で示した。

場所を日向亭の座敷に変えるのではなく、このまま木戸番小屋で話そうというのだ。杢之助はいま一味四人を追って品川に出向いている。ことここに至った経緯を門竹庵に話そうというのだ。それこそ場所としてはこの木戸番小屋が、最もふさわしいかも知れない。

「お千佳、お茶を」

「は、はい。ただいま」

お千佳は翔右衛門に言われ、盆を支え持ち木戸番小屋を飛び出た。三人分のお茶の用意だ。きょうのお千佳は、翔右衛門が木戸番小屋に入って以来、大忙しだ。それはまだつづきそうだ。

泉岳寺門前町の木戸番小屋はいま日向亭の一室というより、まさしく門前町と車町を差配する場になろうとしている。

五

日向亭翔右衛門と門竹庵細兵衛、それにお絹は、お千佳の運んで来た湯呑みを前に鼎座（ていざ）になり、それぞれ端座の姿勢をとった。日向亭翔右衛門は五十がらみ、門竹庵細兵衛は四十代なかば、その妹のお絹は四十路と、還暦に近い杢之助に比べればまだまだ若いが、その杢之助を支えて二つの町にまたがる事件を処理するには、じゅうぶんな顔ぶれである。

「な、な、なんと。手前どもの商舗（みせ）が急ぎ働きの盗賊に！　しかも今宵!?　信じられん!!」

「そこに古着買いの権之市さんがっ。まさか！」

翔右衛門の言葉に、細兵衛とお絹はほとんど同時に声を上げた。二人は半信半疑の態で翔右衛門を凝視している。

「しーっ」

翔右衛門はお克に対したように口に指をあて、腰高障子のほうへ視線を向けた。

さきほどお千佳が外からきちりと閉めたばかりだ。

細兵衛とお絹はつい声が大きくなったのに戸惑い、反省したように顔を見合わせ、こんどは低声(こごえ)で、

「信じられません。私らが今宵、襲われるなど」

「まことに、まことにそうなのですか!」

と、兄妹(きょうだい)そろって翔右衛門の顔をのぞき込んだ。

翔右衛門も声を落として言う。

「そりゃあ私も当初は信じられませんでしたよ。いまだに……」

ひと息つき、

「したが、木戸番さんの話を聞き、あのながれ大工の動きを見て、さらにお克さんの狼狽(ろうばい)ぶりを目(ま)のあたりにすれば、信じないわけにはいきません」

「………」

細兵衛とお絹は黙って聞いている。

翔右衛門はつづけた。

「門竹庵さんにあってはいま、心配というより恐怖を覚えておいでのでしょうが、木戸番さんを信じてください。あの人は木戸番人として、並みの人ではありません。こたびも当初から策を練り、私もそのつど聞いております。町になにごともなかったように、静かに抑えようと」

「杢之助さんですね。そう、あのお人、並みのお人ではありません。あたしは日向亭さん以上に、杢之助さんを信じております」

お絹が言ったのへ細兵衛は、

「おいおい、お絹。ちょっと待て。今宵だぞ。しかも急ぎ働き、どんな策を……、どこへどう逃げる。大騒ぎになるぞ」

と、言う。

妹お絹とその娘のお静が、小田原から命からがら帰って来たとき、杢之助に助けられたことは細兵衛も聞いて知っている。だが、直接いのちを守られ、保護された身と、話に聞いただけの者とでは、受けとめ方が違った。しかも細兵衛は門前町の町役総代として、杢之助を信頼しながらも、新たな木戸番人として見ていることは否定できない。木戸番人への、ある種の先入観を持っているのだ。

どの町でも木戸番小屋は〝生きた親仁（おやじ）の捨て処（どころ）〟と言われ、町で身寄りのない年寄りや行き場のない者を雇用し、木戸番小屋に住まわせているのが木戸番人である。だからどの町でも木戸番人は住人から〝おい、番太郎〟とか、〝やい、番太〟などと呼ばれている。泉岳寺門前町のように〝木戸番さん〟と丁寧に呼んでいる町など、杢之助のいる番小屋を除いては例がない。

お絹と娘のお静が逃避行のなかで、杢之助に救われたのはわずか四カ月まえのことだった。

杢之助は土地の岡っ引に〝得体の知れねえ男〟と目をつけられ、四ツ谷左門町のつぎに住み着いた両国米沢町の木戸番小屋も、人知れず離れなければならなくなった。江戸を出て新たな居場所を求めようと、むかし走りなれた東海道を西に向かった。

お絹は商舗を継いだ兄の細兵衛を手伝い、竹細工家業の商いを守っていた。泉岳寺門前の一等地に暖簾を張る門竹庵である。門竹庵はかなりの竹細工師を抱え、とくに泉岳寺の竹を材料にした扇子は有名で、江戸府内や品川方面から町駕籠を仕立て、買い求めに来る客も珍しくなかった。門竹庵のしなりのいい扇子は、泉岳寺参詣の証ともみやげ品ともなっていた。

門竹庵に腕のいい、庄次郎という職人がいた。かつて丁稚として住み込んだ、叩き上げの竹細工職人で、お絹は幼いころから庄次郎と遊んだり、買い物に行ったりすることが多かった。

やがて庄次郎は一人前の竹細工職人になり、お絹は商舗の商いを手伝い、兄の細兵衛もお絹を重宝した。庄次郎とお絹は、末を誓い合う仲となった。だが細兵衛は許さなかった。細兵衛はお絹を江戸府内の商人に嫁がせ、府内に門竹庵の分け店を設けたかったのだ。

揉めた。お絹は庄次郎の尻を叩き、門竹庵を出た。駈け落ちである。お絹は芯の強い女だったのだ。

二人は庄次郎の在所に近い、東海道の小田原で請負の竹細工師を始めた。庄次郎は門竹庵仕込みの腕があり、お絹は細兵衛仕込みの商い上手だった。仕事はうまく行き、子も生まれた。お静だ。当初、怒っていた細兵衛も、

「――こりゃあ江戸府内どころか、小田原に分け店ができたわい」

と喜び、泉岳寺門前町でも自慢するようになった。

ところが去年の暮れ、店も仕事も順調に進み過ぎたか、商舗に盗賊が入った。三人組だった。庄次郎は立ち向かい、殺された。娘のお静がその顔を慥と見た。

盗賊どもは逃げたが、顔を見られた不安感がある。お静はすでに十二歳であり、盗賊一人の顔を覚え、証言能力もある。盗賊どもは不安感から小田原に舞い戻り、お静をつけ狙うようになった。

お絹はお静を連れて逃げた。逃げる先は、実家の江戸高輪の泉岳寺門前町しかない。

盗賊どもは追った。

小田原から江戸へは、小田原のすぐ東を流れる、酒匂川（さかわがわ）の渡しを渡らねばならない。お絹とお静は渡し場に向かった。賊もさるもので、渡し場で親子を待ち受けていた。お絹は驚き、お静の手を引き上流へ逃げた。渡し場ではなく、歩いて渡れるところまで上ろうというのだ。浅瀬を見つけ、渡ろうとした。

そこが杢之助とお絹たちの出会いの場となった。

江戸を離れようと小田原まで歩を進めていた杢之助は、薬草を求めて酒匂川の上流に出向いていた。浅瀬で人相の悪い三人組に襲われかけた母娘を見かけた。取る道は一つしかない。

三人組の前に飛び出し、追い払う仕草を見せた。三人組にすれば、不意に飛び出た邪魔者に、安全のため逃げる以外になかった。杢之助は母娘に理由（わけ）を訊いた。自分たちを助けてくれた人は、歳を喰っているようだが、頼りになりそうな人物である。母娘は涙ながらに語った。

実家は江戸の高輪泉岳寺の門前であり、いまは小田原に住まいし、家も商いも順調に進んでいたところ、三人組の盗賊に入られ、亭主が殺された。

「げえっ」

李之助は声を上げた。

あってはならないことがあったのだ。

母娘はお絹、お静と名乗り、さらに恐怖のなかに途切れ途切れに語った。賊はさきほどの三人で、顔を見られた口封じに、お絹とお静を殺しにかかっている。

許せない。ますますあってはならないことだ。

李之助は怒りに震えた。

次の瞬間、言っていた。

「分かりやした。泉岳寺ご門前まで、儂がお送りいたしやしょう」

三人を追い払った人物が言う。母娘は泣いて喜んだ。

(この親子を助け、三人組の盗賊をこの世から消す)

それは李之助にとって、世間のためやらねばならないことであり、おのれもかつて盗賊だった償(つぐな)いでもあった。

小田原から高輪の泉岳寺門前まで、達者な足でおよそ一日半の旅程である。そこを杢之助は盗賊どもと追いつ追われつで三日をかけた。

そのあいだに杢之助は、一人また一人と葬り、品川を過ぎたときには母娘の身辺から三人の姿はなく、恐怖の影も感じなくなっていた。お絹もお静も、杢之助が盗賊の影と向かい合っている現場を目にしたことはなかった。だが、一日ごとに肩が軽くなるのを感じていた。

(このお人が、あの者どもを葬っている)

母娘は口にこそ出さなかったが、互いにうなずきを交わしていた。恐ろしさはなかった。逆に頼もしさを感じた。

それがお絹とお静の、杢之助へのすべての感覚だった。

日向亭翔右衛門と門竹庵細兵衛との出会いは、街道の日向亭の前だった。すでに泉岳寺門前町である。たまたま翔右衛門がおもてに出ていて、お絹とお静を迎えるかたちになり、翔右衛門は驚いた。

そこへまた、たまたまというかまったくの偶然だった。高輪大木戸のほうから町駕籠が着き、降り立ったのが細兵衛だった。

繁華な街道や寺社の境内などで、ときおり見かける犯罪がある。不逞の若い者が数人つるんで、いきなり裕福そうな商家の旦那を取り囲んで騒ぎ声を上げ、ふところのものを抜き取るなりサッと散る。〝荒稼ぎ〟といった。なるほど荒っぽい稼ぎ方だ。突然でしかもあっという間の犯行であり、そやつらは四方に散るからなかなか捕まらない。

細兵衛は他出から駕籠で帰って来るなり、街道から門前町の通りへの入口で、この荒稼ぎに遭ったのだ。

そのときだった。杢之助が突然の与太どもにとっさの動きを見せた。素早い足技だった。荒稼ぎの与太どもは四人で、四人ともつぎつぎと戦う気力を削がれ、その場で町の者に取り押さえられた。

細兵衛はその出来事があまりにも身近だったから、かえって目に入らなかった。だが数歩離れていた翔右衛門は、その一部始終を目撃した。それればかりか、見ていた翔右衛門や被害に遭いかけた細兵衛に、

「——みょうな動きだったもんで、儂、もう夢中で。こやつら、逃げようとして自分たちでひっくり返ったんでやしょうかねえ」

他人事のように、さらりと言う。

翔右衛門は真剣に、

(――この爺さん、隠密のご公儀の人?)

思ったほどである。

お絹とお静に聞けば、小田原から此処(ここ)までつき添ってくれて、しかもこのあと行き先は決まっていないという。目の前の木戸番小屋がしばらく無人で、なかなか人が見つからなかった。翔右衛門にすれば、

(――この人物を、もっと見極めたい)

そんな思いもあった。向かいの木戸番小屋の木戸番人にと推挙(すいきょ)した。

お絹とお静は大喜びで、細兵衛も、

「――妹と姪(めい)っ子がお世話になったのなら」

と、率先して承知した。

杢之助も、

(――此処なら高輪大木戸の外で、江戸を出たことになるがなあ)

と、その気になった。

こうして杢之助の泉岳寺門前町での、新たな木戸番小屋暮らしが始まったのだ。

それがまだわずか四カ月まえのことだが、町や街道に起こった事件や揉め事への対

処から、住人はもう現在の木戸番人が何年もまえから、この町の木戸番小屋に入っているような感覚になっている。

いま、その木戸番人は四人組の盗賊一味に張りつき、品川に出向いている。もちろん住人は、それを知らない。木戸番小屋には、町役二人とお絹が膝を寄せ合っているのだ。

杢之助がこの町の木戸番小屋に入ってからというより、泉岳寺の門前に町場が形成されて以来、最大の凶悪事件を迎えようとしているのだ。もし車町の動きが伝わらず、門前町の木戸番小屋が四人の盗賊に気がつかなかったなら、今宵門竹庵に急ぎ働きの盗賊が押込み、細兵衛もお絹も奉公人たちも殺されることになっていたかも知れないのだ。

外はまだ明るい。

日向亭翔右衛門は声を低めた。

「それを木戸番さんは、なにごともなかったように収めようとしてなさるのさ」

「あの木戸番人さんに、そんなことができますのか。お江戸の火盗改に訴え、人数を出してもらったほうがいいのではないか」

細兵衛は訴えるように言う。無理もない。今宵、自分が殺されるかも知れないのだ。だが、おなじ立場のお絹は言った。

「兄さん、杢之助さんに任せましょう。すでに品川で、一味に張りついておいでなのでしょう」

と、確かめるように翔右衛門の顔をのぞき込んだ。

翔右衛門はうなずきを返した。

お絹は杢之助を〝木戸番さん〟ではなく、〝杢之助さん〟と名を呼んでいる。それだけ親しみを覚え、信頼しているのだ。十二歳のお静は〝モクのお爺ちゃん〟と呼んでいる。他の子たちは〝木戸のお爺ちゃん〟である。

「おまえ、それでいいのか。命が惜しくないのか。今宵、盗賊が押込んでくるのだぞ、四人も」

細兵衛はお絹を叱るように言う。

お絹は返した。四カ月まえ、お静と一緒に杢之助に命を護られただけではない。三人の盗賊を杢之助が斃したのを、目の当たりにこそしなかったが、実感はしているのだ。細兵衛はお絹とお静から、小田原から泉岳寺までの道中はもう幾度も聞かされているが、実感はないのだ。町役総代の立場として、あくまでも杢之助は町で木戸番小屋に住まわせている木戸番人なのだ。

「兄さんは杢之助さんの凄さが、まだ分からないのですか。あたしもお静も、もう何回話しましたか」

「そうですよ、門竹庵さん」

と、翔右衛門も言う。あのとき瞬時に荒稼ぎの与太どもを退治した早業に気づいたのは、翔右衛門一人なのだ。杢之助がそうではないと分かっていながら、気分のうえではご公儀の隠密との思いは払拭できない。

「うーむむむ」

細兵衛はうなった。

もとより細兵衛も火盗改に通報し、町中に騒ぎをもたらすのは本意ではない。翔右衛門が言う杢之助の策のように、なにごともなかったようにあすの朝を迎えられたなら、それに越したことはない。

細兵衛も翔右衛門に視線をそそいだ。

「ほんとうにほんとうなんでしょうなあ。あの木戸番さんに任せておけば、なにごともなかったように収められるというのは」

お絹が応えた。

「兄(あに)さん、心配なら番小屋(こや)でひと晩すごせば。あたしは門竹庵(うち)に帰って、あしたの朝を迎えます」

杢之助への信頼は大きい。翔右衛門も言った。

「少なくとも、今宵の計画をやめさせることはできましょう。すでに木戸番さんは一味のやりそうなことを知り、奴らに張りついているのですから。泉岳寺門前町の木戸番人が品川でひと声かければ、奴らは仰天し散(ち)りぢりになっていずれかへ逃げ去るでしょう」

これには説得力があった。

「うーむ」

細兵衛はさっきとは異なり、得心したようにうなずいた。

実際、杢之助は一人部屋にした木賃宿から、権之市たちの入った木賃宿の玄関を見て、つぶやいていた。

「いま儂が向かいの木賃宿に訪(おとな)いを入れたなら、奴らめ仰天し算を乱して逃げ出そうかのう」

横に人がいても聞こえないほどの低い声だった。

　まだ陽は西の空に高いが、放置しておれば、四人の盗賊一味がふたたび泉岳寺山門前に立ち向かう、決行の時は刻々と近づいているのだ。

殺しは人助け

一

陽が西の空にかなりかたむいている。

泉岳寺門前町の木戸番小屋は、腰高障子を閉めているから、往来の者は中のようすが分からない。ときおり街道から門前町の通りに入って来た者が木戸番小屋を目にし、近寄ろうとする。

泉岳寺に行くのはこの坂道でいいか、と訊きに来る参詣客だ。もちろん町の住人を訪ねて来て、道を訊く者も少なくない。それらのなかには、扇子の門竹庵はどこかと尋ねる客もいる。門竹庵は江戸府内にも品川方面の街道筋にもけっこう知られ、泉岳寺門前町を代表する商舗の一つとなっている。

それら外来者の道案内も、木戸番小屋の重要な仕事の一つだ。

きょうに限ってお千佳がずっと縁台に出ており、木戸番小屋に歩を向ける往来人

があれば即座に、

「お尋ねのことがあればあたしが」

と、近づき用件を聞く。

だからいま、腰高障子に訪いを入れる外来者はいない。木戸番小屋にいま、杢之助はいない。代わりにいるのは、町役の日向亭翔右衛門と門竹庵細兵衛、それに細兵衛の妹のお絹の三人だ。

外の声は木戸番小屋の中にも聞こえている。もちろんお千佳は翔右衛門からそうするように言われているのだが、

「お若いのに、よく気が利くお女中さんですねえ」

部屋の中でお絹が言っていた。

外来者がいきなり腰高障子を開ければ、複数の人数がそこにいてなにやら緊迫しているのに気づくだろう。よそ者に町の異常を知られたくない。解決に障りが生じる。三人はいま、町の重大事に神経を尖らせているのだ。そこを道案内などで中断されたくない。

それらをお千佳が外にあって、うまくさばいているのだ。

また聞こえてきた。

「ここ、泉岳寺さんですよねえ。いい扇子を作って売っている商舗(みせ)があると聞いて来たのですが」

「門竹庵さんですね。それならこの坂を上り、泉岳寺さんのすぐ手前です」

木戸番小屋の三人はそれぞれに顔を見合わせ、張り詰めていた部屋の空気が、瞬時(しゅんじ)なごんだ。

すぐに元の落ち着かない雰囲気に戻る。

木戸番小屋の中はいま、なにかを具体的に相談しているのではない。自分たちでは一歩も進められない事態に、苛立(いらだ)っているのだ。

その木戸番小屋を、平時の雑事から遠ざけているお千佳の存在は貴重だ。

三人は杢之助がいまいかなる状況に身を置いているか、それが知りたいのだ。

お千佳も、翔右衛門や細兵衛、それにお絹たちが、権之市を追うように品川方面に出向いた杢之助の動向を気にかけていることは、聞かずとも自然のながれから感じ取っている。杢之助の頼みで権之市たちの動きに気を配り、品川方面に去ったことを話したのはお千佳なのだ。

さきほど外来者に、門竹庵の所在を話したばかりだ。その外来者の背を見送り、首を街道のほうへ向け、

（あらあら、どうしよう。どうしましょう）

お千佳は戸惑い、迷った。

街道を高輪大木戸のほうから町駕籠が一挺、かけ声とともに近づいて来たのだ。すぐ向かいの、木戸番小屋の奥にある駕籠溜りの長屋に住みついている権十と助八である。この町の者は権助駕籠と呼んでいる。

朝仕事に出かけるときには、日向亭の縁台に腰を据え、お千佳の淹れた茶をすすりながら、杢之助にきょうあちこちの町で耳にしたうわさ話や目撃した事件や揉め事を話してから長屋に帰る。

杢之助は毎回、それを楽しみにしている。

権助駕籠がいまいずれかへ客を迎えに行く空駕籠なら、お千佳は躊躇なく木戸番小屋にも声をかけ街道に飛び出し、二人を呼びとめただろう。駕籠は明らかに品川方面に向かっているのだ。

お千佳はよく権十と助八から、

「――陽がかたむいた時分によ、ご府内から品川へってのは、およそ裕福なお店の旦那でよ。翌朝迎えに来いってぇお客が多いのよ」

「――ふふふ。それだけ酒代(さかだい)をはずんでくれてよ。けっこう実入りのいい仕事になってなあ」

と、聞かされている。

垂(たれ)が下りているから、いま乗っている客が裕福そうな商家の旦那かどうかは分からない。だが時間帯から、まさにそうした客のようだ。前棒(まえぼう)の権十も後棒(あとぼう)の助八も、あしたにつながる仕事を得たせいか、かけ声がいつもより元気そうだ。

客が乗っている駕籠を呼びとめていいものかどうか、

「あああ」

迷っているうちに、権助駕籠はお千佳の立つすぐ前まで来た。前棒の権十が、街道に出ているお千佳に気がついたか、体の均衡をとるため手にしている杖のような棒を振った。お千佳も手を振った。

ここで権十たちと話ができたなら、品川で杢之助を找(さが)してもらい、いまの木戸番小屋とのつなぎ役になってもらうことができるのだ。找し出せなかったとしても、品川で変わったことがなかったか気を配ってもらうことはできる。

後棒の助八もお千佳に気づき、手の棒を振った。

お千佳もぎこちなく手を振る。

駕籠は通り過ぎる。

ようやくお千佳は意を決し、木戸番小屋に走った。

「旦那さま！」

腰高障子を引き開けた。

中の三人は驚き、なにごとかと問うよりさきにお千佳が、

「いま奥の権助駕籠さんがどこかのお客を乗せ、品川のほうへ！」

「なんと！」

翔右衛門は返し、端座の腰を浮かせた。

細兵衛もお絹も権助駕籠はよく知っている。

「なぜ止めなかった。すぐ手代をっ」

翔右衛門は三和土（たたき）に飛び降りようとした。客を乗せた駕籠なら、日向亭の若い手代が走ればすぐに追いつける。客も品川への行楽客であれば急いではいまい。駕籠舁き人足がちょいと立ち止まって追って来た者と話をするくらい、大目に見てくれるだろう。ともかく翔右衛門も細兵衛も、現在（いま）の杢之助のようすを知りたいのだ。

「お待ちを！」

待ったをかけたのはお絹だった。

三和土に飛び降りようと中腰になっている翔右衛門に、お絹も腰を浮かせ、

「こたびの件、李之助さんが火盗改にも知られず、なにごともなかったように収めようとしてなさるとおっしゃったのは、日向亭さんじゃありませんか」

強い口調だった。そのままつづけた。

「いかに権助駕籠でも、駕籠のすぐ横で話したんじゃ、お客の耳にも入るじゃありませんか。盗っ人が泉岳寺門前に押込むなど、今宵のうちに広まってしまい、一帯は大騒ぎになりますよ。それだけじゃありません。駕籠屋の二人が品川で李之助さんを捜しまわったらどうなります。李之助さん、隠れた動きができなくなってしまうじゃありませんか」

お絹の李之助への信頼は大きい。小田原から品川までの四日間に、命を狙ってきた盗賊どもを人知れず始末し、そのことをまったくおもてにせず、まさしくなにごともなかったように振るまっていた。

こたびの盗賊一味も、李之助はそのように始末しようとしているのだ。

「ううっ」

日向亭翔右衛門はお絹に言われ、われに返った。

ともかく翔右衛門は、李之助の現在のようすを知りたかった。李之助への信頼度

は本来、翔右衛門も高い。

翔右衛門は、三和土に立っているお千佳に言った。

「お千佳、そういうことだ。権助駕籠の二人が帰って来れば、私からさりげなく聞いてみましょう」

「は、はい」

いま重大な事態が町をおおっていることへの認識を、お千佳はあらためて深めたようだ。細兵衛も、すべてを杢之助に任せる気になっている。

お千佳はおもての縁台に戻り、木戸番小屋の中はあらためて苛立ちの空気に包まれた。

二

陽が西の空に大きくかたむいた。

（いよいよだな）

杢之助は視線を、障子のすき間から外に投げている。根気のいる仕事だ。

木賃宿に入ってから、一味はまったくおもてに出ていない。

（おめえら、なかなかやるじゃねえか。それでいいんだぜ）

李之助は胸中につぶやいた。

盗賊は押込みに際し、一味が盗っ人宿に集まると、あとは出陣するまで外に出たりしない。ただひたすら凝っとしているのだ。気晴らしになどと外に出歩いたりすれば、誰に見られるか知れたものではない。そこから計画が御破算になったりすることもある。

李之助もそうだった。予定していた人数が手違いから集まらず、三日ほど厠以外は部屋に閉じこもり、結局はせっかくの押込みを断念したことがあった。それほど用心深かったからこそ、一味が消滅するまで一人の捕縛者も出さなかったのだ。

李之助も清次も、いまなお手がうしろに回ってはいない。

こたびの一味四人は、自分たちが見張られていることなどまったく気づいていないはずだ。敵は油断している。だから李之助一人でも、ゆっくりと見張っていられるのだ。

思われてくる。

（以前を悔いて生きている佐平どんをよお、お上に挙げさせるようなことはできねえのよ）

まだある人生、

(平穏無事に、生きてもらいてえ)

杢之助の同類に対する願望である。

さらにもう一人、

(お克さん、おめえ、男運が悪いぜ。だからというて、亭主殺しをさせるわけにゃ行かねえ。おめえが権之市を殺(や)っちまったなら、おめえさん、なんのためにこの世に生きたよ。三十路(みそじ)と聞くが、磔刑(はりつけ)になるため三十年を生きて来たことにならあ。あまりにも悲しいぜ)

人の影が長くなっている。日の入りが近い。

(さあ、四人組のおめえら。そろそろお出ましになろうかい。どんな格好で出て来やがる。昼間とおなじ行商人とお店者なら、芸がねえぜ。あの格好じゃ、素早い動きはできねえ)

胸中につぶやいた。

心ノ臓が高鳴る。

四人組が動くところに、自分の動きもあるのだ。

杢之助は早くから、

(ともかく最初の一撃で)

と、定めていることが一つある。

(このさきも生きていてもらいたい人のため、死んでもらわにゃならねえ奴もいる。その殺しが正しいかどうかは、世間さまが決めてくれらあ)

李之助は自分にしか聞こえないほどの声でつぶやき、さらに低く言った。

「――因果よなあ」

気長に見張っている木賃宿の玄関に、人の動きが見え始めた。出かけていた行商人や日傭取が、それぞれ帰って来たようだ。

その動きのなかに、

「えっ。ありゃあ、太一じゃねえか」

李之助は思わず声に出した。

確かに太一だ。たすき掛けで、いかにも包丁人といった姿だ。

この一帯は浜屋の裏手になるが、

(なんで太一がここへ)

思ったとき、太一が声を上げた。

「お宿のみなさーん」

ここで〝お宿〟といえば、杢之助が身を置いている木賃宿も入る。木賃宿はもう一軒あり、見える範囲だけでも三軒になる。

それぞれの木賃宿からあるじか奉公人と思われる男や女、それに泊り客らしいのも出て来る。鍋や笊を手にしている者もいる。

「浜屋さん、きょうもですか。ありがたいですよう」

「で、きょうはどんなのがあるかね」

奉公人の女中やあるじらしいのが声をかける。

「はい。きょうは朝の仕入れがすこし過ぎましてね、野菜は秋大根に小カブ、魚はハゼやイワナが残っております。いまならじゅうぶん刺身にできます。あしたの朝用なら、煮付けにも焼き魚にも」

まぎれもなく、懐かしい太一の声だ。

集まった者たちは言う。

「あらら、そんなに」

「さあ、皆さん。鍋か笊を持って早う来てくだされ。勝手口のほうで待っておりますので」

最初から鍋や笊を手に出て来ていた者は、そのまま太一につづいた。

（そうか、なるほど。太一め、いい店へ奉公に上がったなあ。包丁の技だけじゃのうて、その思いも身につけるんだぜ）

杢之助は非常事をまえに、心のなごむ思いになった。

もちろんこの町場にも八百屋もあれば魚屋もある。行商も来る。割烹の仕入れなら品はいいはずだ。つい仕入れが過ぎたり狂ったりすることもままある。だが浜屋はそれらを無駄にはしない。地域に還元している。その環境でこそ、包丁の技も冴えてこようか。

陽は落ち人影は消え、あたりが暗くなりはじめた。

「いよいよだな」

杢之助は自分自身に言い聞かせるように、小さく声に出した。高鳴りかけた心ノ臓が鎮まった。

予感どおり、四人は出て来た。

「うむ。そう来たか」

と、そのいでたちにうなずいた。四人とも地味な股引で腰切半纏に白い手拭いを帯にしている。それが薄暗いなかにけっこう目立つ。その目立ち方がいかにも職人であることを示している。これでもし帯まで黒っぽかったら、まったく盗賊の押込み衣装だ。さらに暗くなってから、黒い三尺帯に変えることだろう。李之助も押込みのときはそうしていた。

それに奴らは木賃宿の玄関を出ると、さっといずれかへ散るのではなく、

（さあ、そろそろ行くか）

と、示すように、玄関前でうろうろしている。とても盗賊の出陣には見えない。このあと、いずれかに押込みが入ったとうわさが立っても、木賃宿の者でこの四人を疑う者はいないだろう。

足は地下足袋（じかたび）に似た甲懸（こうがけ）にわらじを履いている。これも理にかなっている。大工は木を組んだ上を移動するとき、この甲懸を履いている。木の感触を直接足に受けることができるのだ。

（それでよい）

李之助は胸中にうなずくとともに、

（やつら、けっこう経験をつんでやがるな）

感じ取った。

暗い家屋に押込んだとき、足の感触で自分がいまどこに立っているかが分かる。盗賊にとってその感触は、きわめて大事なのだ。

衣装もさりながら、一人ひとりが三尺(およそ一米)ばかりの手斧を手にしている。先端が刃物で、木を削る大工道具だが、押込みのときには武器になる。

腹立たしさを覚える。あの手斧で、もう幾人の血を見て来たか。

(どうした)

首をかしげた。

さっきから一つひとつ得心する奴らの動きといで立ちだが、

(もう一人、いるというのか)

当初から気にしていた、

(差配は誰)

それの見分けがつかないのだ。

李之助の脳裡はすでに、

(今宵葬るは、権之市と差配のみ)

決している。

気をつけて四人の所作を見ていると、いまこのなかの束ねは権之市のようだ。だが李之助の脳裡でそれは、午間門竹庵の周囲で案内役だったときのながれに過ぎない。だから、一味の束ね役はほかに……と、思えてくるのだ。

いくらか木賃宿の玄関前にたむろしてから、声は聞こえないが権之市が、

「さあ、行くぞ」

と、号令をかけたような仕草を見せ、他の三人も、

「へい」

と、差配に応じたような所作を示し、権之市を先頭にゆっくりと街道のほうへ向かったではないか。〝もう一人〟はいずれかで落合うのかも知れない。

李之助は用心のため折りたたんだ提灯をふところに、木賃宿を出て五間（およそ九米）ほど間合いをとって四人のあとに尾いた。声は聞こえないが、これ以上近づくのは危険だ。

あたりの暗さは次第に濃くなる。

歩を踏みながら、四人の所作を注視する。

街道に出た。

見えるのはすでに、白い手拭いの帯だけとなった。

やがて四人は一斉に帯を黒に変えた。

それぞれが手斧を手にしていても、灯り(あか)を持っている者はいない。異様な集団である。泉岳寺のほうへ向かう。

わずかでも明かりが欲しい。それらの所作はすでに、五間も離れていては、夜目の利く李之助以外には見えなくなっている。四人からは、ふり返っても李之助は見えないだろう。

すでに街道に往来人はいない。李之助は歩を進めながら、手でふところの提灯を確かめた。

〝もう一人〟が現われない。

(差配はまさか……、権之市！)

午間(ひるま)の動きは、

(案内役ではなく、差配していた)

思えば思えぬこともない。

ならば、これまでうわさに聞いた、急ぎ働きの流血……。〝探り役〟の権之市が押込みにもつき合い、恐怖心からたまたま刃物を使ってしまったのではなく、

(野郎が差配してやがった!?)

李之助の知る大盗ではあり得ないことだが、わずか四人という少人数では、

（探り役が与太を数人集め、押込みまでやる……）

あってもおかしくはない。

（だから少人数で恐怖心にも駈られ、あの手斧で……）

愛想がよく、外面のいい権之市へ、

（あんな野郎が、となり町に住みついていやがったとは）

そこへの怒りと悔しさが、夜の街道の一歩一歩に込み上げてくる。

同時に、

（お克！　おめえ、なんて男を亭主にしてしまったい）

強烈に思われてくる。

杢之助は下駄でも足音を立てない。ましていまはわらじである。足音どころか四人から気配さえ感じられていないだろう。

杢之助は闇のなかに四人の気配を追いながら、

（この街道で慥と葬るは、権之市一人。あとはそのときの状況次第）

胸中に念じた。

権之市を屠ったときの〝状況次第〟とは、残った者が門竹庵への押込みを断念するかどうかである。

三

茶店の日向亭は、陽が西の空にかなりかたむいたころには、外に出している縁台をかたづける。この時分にはもう泉岳寺への参詣客はいないからだ。

だがこの日、陽は沈み暗くなりかけているのに、まだ縁台は出したままである。権十と助八の権助駕籠が、品川から戻って来るのを待っているのだ。日向亭翔右衛門と門竹庵細兵衛と妹のお絹は、まだ木戸番小屋に陣取っている。今宵、門竹庵に急ぎ働きの盗賊が入るかも知れないのだ。

（なにごともなかったように）

との杢之助の意を汲み、門竹庵の家人や奉公人たちには、今宵のことは知らせていない。家人も奉公人たちも、細兵衛とお絹は坂下の日向亭に所用で出かけていると思っている。翔右衛門と細兵衛は、泉岳寺門前町の町役仲間なのだ。木戸番人と縁の深いお絹が、そこに加わっていてもおかしくはない。

茶店の日向亭でも、事情を知っているのはあるじの翔右衛門だけであり、お千佳は連絡役できょうのことまで知っているわけではない。

車町にいたっては、日向亭翔右衛門以外の町役たちは、

「また権之市とお克さんの家、いつもの夫婦喧嘩を始めたか」

くらいにしか見ていない。

町内で権之市は愛想がよいものの、いつも他の町々をまわっており、地元にはさほどなじみはないのだ。

陽は沈み、あたりが薄暗くなりかけたころである。品川では杢之助が向かいの木賃宿の玄関にたむろする権之市たちを、目で追っている時分になろうか。

「戻って参りましたっ」

お千佳が叫び、木戸番小屋に飛び込んだ。

「木戸番人か！　駕籠屋か!!」

細兵衛が受けて腰を上げ、翔右衛門とお絹もそれにつづいた。

三人は木戸番小屋で権助駕籠を待つかたちになっているのだが、

（早く帰って来てくれ）

と待っているのは、木戸番人の杢之助である。

「駕籠ですっ、権助駕籠のっ」

「かまわんっ、ともかく訊こうっ」

細兵衛は言って木戸番小屋を飛び出し、翔右衛門とお絹がつづいた。

外では空駕籠を担いだ権十と助八がちょうど、街道から門前町の通りへ入ったところだった。

日向亭の旦那と坂上の門竹庵の旦那、それにお絹とお千佳がそこに待ち構えていることに、

「えぇえっ」

前棒の権十が声を上げ、後棒の助八も、

「これはいってえっ」

驚きの声を上げ、足の力を抜いた。

「うっ」

と、前棒の権十もうしろから引っ張られるかたちになり、動きをとめた。駕籠尻(かごじり)が軽い音を立て地に着く。

すでに一帯は提灯の灯りが欲しいころあいになっている。品川では、杢之助がふところの提灯を手で確かめ、四人に五間ばかりの間合いをとって、音のない歩を踏み始めた時分である。

立ちすくむ二人に、

「権十さんっ、助八さんっ」

お千佳が言う。

「このお人たちねえ、品川になにか変わったことはなかったかって」

「ああ、そういやあお客を乗せているとき、ここでおめえさんに会ったなあ。それがどうかしたかい」

角顔の権十が言えば、いくらかおっとりした面の助八も、

「あのあと、なにかあったのかい」

と、逆に問う。

もう一人の女中が、暖簾の中から二人分のお茶を盆に載せて出て来た。

「あらあら、こんなにたくさん。お茶の用意、もっと必要だったかしら」

「あら、ご免なさい。あたし、お茶の用意も忘れていて」

気がついたようにお千佳が言う。

「お茶などいらぬ。それより品川です」

細兵衛は言う。

「だから品川がどうかしたんですかい」

権十が逆問いを入れ、その場はまとまりのない雰囲気となった。

翔右衛門がこの場を収めるように言った。

「つまりねえ、きょう明るいうちにおまえさんたちが品川方面に行ったとお千佳から聞いたもので、向こうでなにか変わったことがありゃせんかったかと」

「なんですかい、それ。日の入りめえにご府内から品川へのお客はときおり運ばせてもらいまさあ。およそ遊び客で酒代もはずんでくれて、おまけにあしたの朝迎えに来いってえ客もあり、いい仕事をさせてもらってまさあ。きょうもその口で」

と、角顔の権十がありのままに応えると、細兵衛がまた、

「だから、品川のどこに客を運び、向こうになにか変わったことはなかったかな」

問いが漠然としすぎている。

「だからあ」

と、こんどはおっとり型の助八が返す。

「お客はご府内の田町(たまち)の旦那で、行き先は品川の浜屋ってえ海鮮料理屋で、あしたの朝のお迎えはその近くの旅籠でさあ。いいご身分で、あしたの分まで酒代をいただきやしてね。行かねえわけにゃいかねえんで」

「そうそう」

権十が相槌を入れる。

品川の〝浜屋〟とは、杢之助が聞けばなんらかの反応を見せるだろうが、翔右衛門に細兵衛、お絹では、現地に数ある料理屋の一軒に過ぎない。

助八は話しながら怪訝そうな表情になり、

「ま、いい仕事をさせてもらっておりやすが、それがなにか？」

「だから、その、なにか変わったことが」

こんどはお絹が喙を容れた。

あくまでもなにごともなかったように……、というのがすべての前提である。権十と助八といえど、というよりだからこそ、今宵の盗賊の話はできない。

夕暮れの薄暗くなったなかに、まだかたづけていない茶店日向亭の縁台の横で、坂上の細兵衛やお絹までが顔をそろえ、立ち話になっている。

「なにかありましたのかえ」

などと、街道から帰って来た町の住人が声をかける。

「いえいえ」

翔右衛門が軽くいなす。

権十が焦れったそうに、

「いってえ、なんなんですかい。あしたは早うからまた品川でさあ。おう兄弟、帰ろうぜ」

「おう」

二人は担ぎ棒に入り、空駕籠を担いで木戸番小屋奥の長屋に戻って行った。

翔右衛門たちはそれを引きとめることができない。

――おもて向き、変わったことはなかった
それを成果とする以外にない。

あたりは刻一刻と暗さが増している。

「あ、かたづけなきゃ」

お千佳が翔右衛門に言われるまでもなく、縁台をかたづけにかかった。

「きょうはいったい、なんなんでしょうねえ」

と、女中がもう一人奥から出て来て手伝った。

翔右衛門と細兵衛、お絹はしばし暗いなかに立ったまま顔を見合わせ、無言でうなずきを交わし、ふたたび木戸番小屋に戻った。重苦しく、緊張を残した雰囲気である。

三人が日向亭の奥に移れば、お千佳たちにはそのほうが楽だろう。だが、おもての動きをすくい取るには、木戸番小屋をおいてほかにない。

三人はふたたび杢之助のいない木戸番小屋に、鼎座になった。お絹に合わせ、翔右衛門も細兵衛も端座である。

「あのう」

と、お千佳が外から腰高障子を開け、盆に三人分の湯呑みを載せて来た。もう幾度、お千佳は木戸番小屋に茶を運んだろうか。

油皿の火種も手にしている。もう一人の女中が、火の入った行燈を運んで来た。

小屋の中はかなり明るくなった。

すり切れ畳の上は、ふたたび緊迫と焦りに満ちた。

細兵衛ばかりかお絹まで、杢之助のようすを知るまでは、

(坂上には戻れぬ)

思いつめている。杢之助を信頼しながらも、やはり安全へのなんらかの確証が欲しい。なにぶん急ぎ働きの盗賊を相手に、命がかかっているのだ。

翔右衛門が低い声で言った。

「おもて向き、なにもなかったということは……、裏で何者かがうごめいたことになりましょうからねえ」

低い声はかえって、断定する響きがある。

「どのような」

細兵衛は行燈の灯りのなかに、翔右衛門の顔をのぞき込んだ。

「それは……」

翔右衛門に答えられるはずがない。

「動いていると思います。もちろん、秘かにです。信頼しましょう」

言ったのはお絹だ。翔右衛門と細兵衛にというより、自分自身に言い聞かせている。

外は暗くなっている。

翔右衛門がまた言った。

「今夜の火の用心、一回目は日向亭の手代を出しましょう」

木戸番人の夜まわりは宵の五ツ（およそ午後八時）と夜四ツ（およそ午後十時）だが、一回目の五ツが近づきつつある。

四

両脇に建物はまばらになり、すでに灯りも消えているが、まだ品川宿のなかである。あとしばらくで町並みは過ぎ、街道の一方は林で、片側が江戸湾袖ケ浦の海浜となる。泉岳寺門前町に近い、海岸沿いの街道だ。

そこに杢之助は権之市らを追っているというより、張りついている。

あとすこしで海岸の往還に出る。

（きょうの夜まわり、翔右衛門旦那が手配してくれるだろう）

やはり木戸番人だ。緊急に出かけているときでも、夜まわりの時刻が気になる。

暗い。

四人衆も杢之助も、灯りはない。

権之市ら四人は、わらじの足を石や窪地につまずかぬよう、一足ひとあし音を立てて地に引いている。すり足だ。歩みは鈍い。

杢之助はそれら四人が地に引く足音を頼りに、歩を進めている。暗い夜に、これほど尾けやすい相手はいない。その目はもちろん、前方の影を見失うことはない。

もっとも前方の四人は、自分たちが尾けられているなど思いもしていないだろう。足元を気にしても、背後に警戒などしていない。

話し声が聞きとれるほど至近距離まで迫っても、四人は気がつかないだろう。だが杢之助は用心深く、一定の距離は保った。

四人の気配に注意し、一撃で権之市を斃す機会を狙っている。それを達成するまでは、尾けている気配を感じ取られてはならない。不意打ちにしか、四人のなかの一人を確実に斃す機会はないのだ。

四つの影のうち、どれが権之市か間違わぬよう、あやつと見定めた一人へ注意を釘付けている。権之市が差配であれば、影の所作からそれは見定めやすかった。その点は、権之市が差配でよかった。

それでよかったことが、もう一つある。

――権之市は必ず斃す

胸中に決めたとき、いくらか躊躇する気持ちはあった。探り役で押込みにはあとにくっついているだけの権之市をまっさきに斃すなど、可哀そうな気もしていたのだ。だが、差配となれば話は別だ。手先も足さばきも積極さを増しこそすれ、鈍ることはない。

商家のお人らがこれまで幾人、権之市の差配で殺されたか。それらの敵討ちになる。討ったとき、晴れやかな気分になれるかも知れない。

それにしても、これまで一味のつけ足しとしか見ていなかった権之市が、

（差配役……）

いまなお信じられない。

だが、それが現実なのだ。

「うっ」

李之助はかすかにうめいた。

前方に黒くたたずむ一軒、李之助が気にとめていた、品川宿の最後の民家だ。それを過ぎれば、まさに片側は海浜となり、李之助の木戸番小屋に近くなる。その建物は旅籠でも茶店でもなく、なんの特徴もない民屋（みんおく）だが、泉岳寺のほうから品川に向かえば、品川宿の町並みの最初の一軒となるため、李之助はその地形をよく知っている。

暗い街並みからやがてそこに歩を踏むことは分かっていたが、いざ来てみれば焦（あせ）りを感じる。太一のいる浜屋の近くで騒ぎは起こせなかったのと同様、門前町の近くでもコトを起こすのは避けたい。まして門前町の通りの坂道で人を葬るなど、後始末が大変になる。

（いかんぞ、尾けているばかりじゃ）

胸中につぶやいた。

ならばどうする。

「よしっ」

決めた。

いましがた焦りを感じてからすぐだった。

（前方の最後の一軒を過ぎたところで）

瞬時、杢之助の心ノ臓は高鳴ったが、決めるとすぐに落ち着く。すでに鼓動は正常に戻り、普段以上に落ち着いている。

品川宿は町並みを抜けると片側は海浜に沿い、街道は打ち寄せる波の音に包まれる。午間でも話をしながら歩を進めるには、声を大きくしなければならない。それを杢之助は熟知している。

夜ともなれば、波音はさらに大きく聞こえる。毎日木戸番小屋で聞いている杢之助は、誰よりも詳しくその状況を知っている。

（あの波音が、儂の得物になってくれる）

すでに聞こえ始めている波音に、杢之助はその策を脳裡に描いた。

間断のない波音は、慣れていない者には物事への注意力を散漫にさせる。四人組はまさしくそれだろう。車町で権之市とお克夫婦のねぐらは、海浜に沿った街道から離れており、杢之助ほどに波の音に親しんではいない。夜の波音に、権之市は物事への注意力を散逸させるだろう。あとの三人の環境は知る由もないが、杢之助ほど海の音に親しんでいるとは思えない。

すり足に進めている四人の歩は、町並み最後の一軒の前にさしかかった。杢之助の足も、すぐそこにさしかかるだろう。

通り過ぎた直後に、策の動きを定めたのだ。

前方の四つの影が乱れたようだ。街道の片側が海岸線になり、不意に大きく聞こえる波音と身に吹く潮風に戸惑いを感じたのだろう。

四人は午間もそこを通っているはずだ。しかしいまは夜で暗く、視界は闇ばかりである。歩はすり足で用心深く進めている。そこへ不意に大きく感じた波音と潮風だ。初めてのように戸惑っても不思議はない。

四人はなにやら大きな声で会話を交わしたようだが、当然波音にかき消され、杢之助には聞き取れなかった。

（ふふふ、奴らめ。案の定だぜ）

杢之助は思いながら最後の一軒の前にさしかかり、

（八百万の神々よ、ご照覧あれ）

胸中に念じた。人の命を絶つも、悪事をしているのではない。他の命を救うためである。それを自分自身に言い聞かせたのだ。

李之助の身も、波音と潮風に包まれた。だがそれは李之助にとって、日常のものである。四人衆がいま置かれているように、注意散漫になるどころか、逆に集中する。

最後の一軒を過ぎ、波音と潮風だけになった街道を数歩踏んでからである。

前方の四つの影はすり足のまま、互いに前後しはじめた。

用心のため五間（およそ九米）ほど取っていた間合いを、三間（およそ五米）ばかりに縮めた。

四つの影は声をかけ合って歩を進めているようだ。波音にかき消され明確には聞き取れないが、

「ここ、窪んでいる」

「あ、石が出っ張ってる」

などと注意し合っているようだ。

「おっとっと、危ねえ」

返しているらしい声もある。

李之助はなおも四つのなかの一つに、神経を集中している。差配である権之市の

影だ。

杢之助はさらに間合いをせばめ、機会をうかがった。

（よしっ）

決した。

またとない好機が、目の前に現出した。差配である権之市の影が、一番うしろに来たのだ。間合いは三間もない。踏み込めば数歩の距離だ。

踏み込んだ。無言である。

背後に飛び込みざま左足を地について軸となし、右足が大きく空（くう）に弧（こ）を描いた。

「おっ」

と、ここに至ってようやく権之市は、背後に得体の知れない危機が迫ったのを感じ取った。

だが権之市にとって、もう遅かった。

つぎに感じたのは首筋を襲った強烈な衝撃であり、同時に意識を失った。

首の骨は折れ、即死だった。

身は声もなく、その場に崩れ落ちた。

「えっ、兄イ！」

三人のうちの一人がふり返り、権之市の影が崩れ落ちるのを感じ取ったようだ。他の二つの影もすり足をとめ、

「えっ」

「なに!?」

声を洩らした。

同時にそれら三つの影は自分たちのすぐ横を、なにやらがすり抜けるのを感じた。さらにそれが数歩前方に止まるなり、自分たちに向かい身構えたことを覚(さと)った。

思いも寄らぬ影の出現である。

杢之助の右足は骨を砕いたのを感じ取り、そのまま再度地を蹴って前面に低く飛び、両足が着地するなり腰を落としたまま体ごとふり返った。

権之市の影はすでに息絶えその場に崩れ落ち、三人にはすぐ横を影が走った、転瞬の出来事だった。まぼろしでも錯覚でもない。現実に人の影が風とともにすぐ横を過ぎ、前面をふさいだのだ。

一つの影が、

「ううううっ」

ひと呼吸ばかりうなり、われに返ったか、

「野郎！　なにやつ⁉」

手斧を手に身構えた。

杢之助にはその影が午間、門竹庵周辺を権之市と肩をならべて徘徊していた男であることを直感した。

ならばあと二つの影は、お店者風の似合っていた、あの小心者のような二人……。

杢之助の瞬時の値踏みは正しかった。影二つは狼狽を越し手斧も持てあまし、ただ立ち尽くしている。

手斧を構えた影と、素手で腰を落とした杢之助の身が、

「野郎！」

「無駄ぞっ」

声とともに動いたのは同時だった。

手斧の影は身をそらせ、杢之助は低く影に飛び込み、ふたたび左足を軸にしたその身が伸びた。右足が上に向かってさらに伸びるように空を切る。

「うぐっ」

影はうめき声とともに、

——カシャ

手斧を地に落とし、その身も刃物を追うようにその場へ崩れ込んだ。杢之助の右足が影の喉ぼとけを打ち、瞬時に息の根をとめたようだ。

「あわわわわ」

「ななな、なに」

いまは職人風を拵えているが、ひ弱なお店者風の似合う二人は、この事態に初めて声を上げた。

その立ち位置から数歩離れた街道の隅に杢之助はうずくまり、懸命に荒い息をこらえている。さすがに歳か、得意の足技も二度立てつづけでは息切れがして心ノ臓の動悸も苦しいほどに激しくなる。なにしろ男二人の命を瞬時に奪ったのだ。動悸の高鳴らないほうがおかしい。

もしこのとき、生き残った二人のなかに、権之市かさきほど手斧を手に身構えた男がいたなら、ゼイゼイと荒い息をする杢之助に気づいて上段から襲いかかり、杢之助はそれを防ぎ切れなかったかも知れない。

ひ弱なお店者風が似合う二人は、それが当人たちの本質なのかも知れない。杢之助はまだ荒い息を残し、

(助かったぜ、残ったのがおめえらでよ)

思うと同時に、声にも出した。息はかなり正常に戻っていた。

「おめえら、このままずらかりねえ。追ったりしねえ。二度と手っ取り早くお宝にありつこうなど思うんじゃねえぜ。地道に生きりゃ、いままでのことはお天道さまも許してくれらあ。さあ、行きねえ」

闇から聞こえる思わぬ声に、生き残った二人は、

「へ、へえ」

「どなたか知りやせんが」

言うと互いに声をかけ合い、いま来た品川方面へ急ぐようにすり足をつくった。

二人にはそれこそ、杢之助の皺枯れた声は天からの声に聞こえたかも知れない。

杢之助はしゃがみこんだまま、二人のすり足が品川方面に遠ざかるのを感じた。足の地を引く音が聞こえなくなった。もう町並みの最初のあの民家の前も過ぎていようか。

杢之助はようやく身を起こし、大きく息を吸って言った。

「ふーっ。助かった」

二人は品川の木賃宿に戻ると、今宵ひろった命を大事に、夜明け前に江戸とは逆方向の西へと旅立った。

杢之助はそれを想像し、

(もう二度と、誘惑と危険の多いお江戸に戻ることはあるまい)

確信した。

五

杢之助の今宵の仕事は、これで終わったわけではない。このあとになすべきことのほうが、泉岳寺門前町の木戸番人としては大事なのだ。

暗い街道に歩を踏んだ。この場が門前町の木戸番小屋の近くであることは、感覚から分かる。杢之助はかなりきわどいところで、権之市を斃す機会を見いだしたことになる。

木戸番小屋に灯りのあるのが見えた。街道に面した障子窓の板戸は上げたままのようだ。行燈も入っており、油皿の灯芯一本だけより明るい。

(やはりお向かいのお手代さんが、新たな灯りと一緒に来てくだすっているか)

杢之助は思い、首にかけた拍子木とふところの提灯を手で確認し、一回目の夜まわりの時間にはまだすこし早いが、

「火のーよーじん、さっしゃりましょーっ」

　ひと声上げ、

　――チョーン
　拍子木をひと打ちした。

　留守居の手代に、無事戻って来たことを報せたのだ。

　だが木戸番小屋の中は、日向亭の手代ではない。坂上の門竹庵細兵衛と坂下の日向亭翔右衛門といった町役二人に、杢之助をこよなく信頼してやまないお絹が来ているのだ。

　口上は波の音に呑み込まれるが、拍子木の固い音は波音を貫く。

「あっ、拍子木！」

　まっさきに気づいたのはお絹だった。毎晩、門竹庵で聞いているのだ。

「木戸番さん。無事、戻って来ましたね」

「品川のようすはっ」

　翔右衛門が言ったのへ、細兵衛がつづけた。

　杢之助は腰高障子を開け、中に門竹庵の細兵衛とお絹が来ているのを見て驚くことだろう。なにぶんこたびの件を詳しく知るのは、杢之助と翔右衛門の二人だけとし、門竹庵に知らせないまま、なにごともなかったように処理しようと申し合わせているのだ。

そこに成功を収めた。権之市とそのお仲間の一人はすでにこの世におらず、あとの二人については、もう押込んで来る懸念などほぼない。門竹庵の件は、すでに落着したも同然なのだ。

『お手代さん、夜まわりは儂が』

開口一番、言うつもりで腰高障子を引き開けた。

ところが、

「えっ、これは！」

思いも寄らない三人が、中腰になって杢之助を迎えたではないか。

杢之助は声を上げ、敷居をまたぐのも忘れ、その場に立ち尽くした。

「これには理由が。ともかく番小屋はおまえさんの部屋だ。さ、上がりなされ。品川のようすを聞きましょう。私たちの話もしましょう。さあ、ともかく」

と、翔右衛門が早口に言ってすり切れ畳を手で示した。

杢之助は従い、疲れてもいる。すり切れ畳にあぐら居になった。翔右衛門も細兵衛も中腰から杢之助に倣ってあぐら居になった。このほうが話しやすい。端座はお絹一人になった。

杢之助は自分の湯呑みでお茶をひと口あおり、

「権之市がこたびの首謀者であり、もうこっちの町にゃ戻って参りやせん。よって町は今宵も明日からも平穏安泰でごぜえやす」

と、押込みの懸念の去ったことを告げた。やはり一同は外面のいい権之市が首謀者だったことに驚き、半信半疑の態だった。だが、品川の木賃宿のようすや三人を差配していた姿などを聞くにおよび、ようやく得心した。

翔右衛門などは、

「極度に愛想がよいのには、裏があると思わねばなりませぬなあ」

と、ため息まじりに言ったものだ。そこに細兵衛もお絹もうなずきを入れていた。

その細兵衛とお絹が、なぜ木戸番小屋に……。翔右衛門が話す番になった。

翔右衛門は語った。

「木戸番さんが権之市たちを尾け、品川に向かったすぐあとでしたじゃ。車町からお克さんがまた此処へ慌てたように来ましてな。そこへながれ大工の仙蔵さんが」

「なんと！　なぜそんな？」

杢之助は問いを入れた。

翔右衛門は応える。

「ひと悶着ありましてな」

お絹が喙を容れた。

「坂下でなにやら揉め事が……と、坂上まで伝わってきましてね。それで木戸番小屋が心配になり、細兵衛ともどもあたしも駈けつけましてね」

「やはり、そういうことがありやしたか。実は儂も品川に向かいながら、そんなことが起こるのではないかと案じておりやして」

「それが起こったのです」

お絹が言い、翔右衛門は覚悟を決め、あらためて〝なにごともなかったように〟と杢之助と話し合った内容を、反故にしなければならなかった経緯を話した。

「いやあ、仰天しましたよ。私どもの商舗が、急ぎ働きの盗賊に狙われているなどと。しかも今宵というじゃありませんか」

翔右衛門の言葉に細兵衛がつないだ。その口調は真に迫っていた。無理もない。命を狙われていたのだ。

お絹も言った。

「でもね、杢之助さん。あたしたち翔右衛門旦那から杢之助さんの、なにごともなかったようにとの意を聞きましてね。商舗には知らせず、凝っとここに陣取ることにしましたのさ」

「そりゃあ、よござんした。ありがとうごぜいやす」

杢之助の心底からの言葉だった。門前町の町役二人とお絹が、杢之助の策を守ったからこそ町に騒ぎは起こらず、住人がなにごともなかったように寝静まっている現在があるのだ。

一件落着のなかに細兵衛とお絹は、

「あとは車町の処理があるだけです」

と、翔右衛門に言われ、日向亭の番頭に送られて坂上に戻り、やはり手代が杢之助に代わって拍子木を打ち、火の用心に町内を一巡した。

木戸番小屋には杢之助と翔右衛門の二人となった。

翔右衛門は声を落として言った。

「さっき木戸番さん、あのいまいましい権之市は、もう町には戻って来ぬと言っていましたが、木戸番さんがあの者を？」

「旦那さま、訊かねえでおくんなせえ。ただ奴の死体は、仲間の者と合わせ、あしたの朝早うに品川宿のお人らが見つけ、どこの誰とも知れねえ行き倒れとして処理しやしょう。事件にすりゃあ、面倒になるだけでやすからね」

「ふむ。品川宿のお人らがそう扱うわけですな。門前町にも車町にも関係のないこととして」

「へえ。お仲間ともども、手っ取り早く無縁仏として」

「お仲間？　ああ、午間(ひるま)一緒にいた、あの者」

「さようで」

まるで禅問答だ。

互いに無言のうなずきを交わし、あとはもうこの件に触れることはなかった。

だからといって、話が終わったわけではない。

翔右衛門はつづけた。門前町と車町の町役としてである。

「権之市の女房のお克さんが午間、この木戸番小屋に駈け込んだのは、木戸番さんに権之市の罪状をなんとかお上(かみ)に知らせ、おのれに累(るい)の及ぶのを防ぐ気持ちがあったからと思われます」

「儂(わし)もそう感じやす。権之市の所行を思えば、お克さんの気持ち分かりまさあ」

「したがお克さん、このままで済みましょうかねえ。いえ、お上がどうのというのではなく、町内の住人の目のことです」

「そう、それです。儂もそれが心配です。お克さんがいまのねぐらに住みつづければ、どんなうわさが立つか知れやせん。車町を出て、きょうまでのことを知る者がいねえ土地で暮らすのが一番かと思いやす」

「ふむ。あしたにもそう計らいましょう。それがご当人のためにもなり、町のためにもなりましょうから」

翔右衛門は言って大きくため息をつき、

「お克さん、きっと権之市の外面のよさについ騙され、夫婦になったのでしょうかねえ。まったく男運が悪かったと言いましょうか。男を見る目がなかったのでしょうねえ」

「いえ」

と、杢之助はそれを否定し、

「あの女、人を見る目がなかったのでごぜえやすよ」

「ふむ、人を……。そうかも知れませんねえ」

翔右衛門は肯是した。

外からの拍子木の音が大きくなり、夜まわりに出ていた手代が帰って来た。

入れ替わるように杢之助が、

「お手代さん、あと一回、お願えいたしまさあ。儂ゃあ、もうひと仕事ありやしてね。帰りはあしたの朝、明るくならねえうちにと思うておりやす」

灯りの入った提灯を手に、木戸番人の証の拍子木を首にかけ、三和土に下りた。

「木戸番さん」

その背に翔右衛門は声をかけた。

「あんたっていう人は……」

お絹に似た杢之助への信頼を、翔右衛門も感じ取ったようだ。

潮風と波音のなかに、提灯の灯りが揺れている。

この時分、外に灯りなしで歩を踏んでいるなど、盗賊か夜逃げのいずれかだ。実際さきほどは、そのいずれも兼ね、殺しまで含んでいたのだ。

その現場を通りかかった。二人の死体はまだころがっていよう。確かめることなく、ひたすら歩を進めた。ただ、

（おめえら、みずからを顧みる機会もなく、短え人生だったこと、憐れに思うぜ。まわりの人のため世のため、仕方なかったのさ。許してくんねえ）

胸中に手を合わせ、

(すまねえ、品川のお人ら)

念じた。夜明けに問屋場(といやば)へ住人が走り、町役たちが幾人か人足をともなって駈けつける。身許(みもと)を調べるも無縁仏にするも、町役たちの胸三寸だが、知らぬ顔とあってはできるだけ面倒を背負いたくない。死体には争った跡もないのだ。

町並みの最初の民家にかかった。

通り過ぎた。

深夜も灯りの絶えない色街とは無縁に、午間(ひるま)入った枝道をたどった。ふたたび太一のいる料亭街の近くを経て、裏手の木賃宿の前に出た。そこを離れたとき、暗くなりかけた時分だったが、品川と高輪を一往復したのだ。すでに夜も日付の替わったころになっている。

(さすがというか、やはり木賃宿だなあ)

三軒がかたまっているなかに、玄関を閉じている所はない。いずれも灯りの入った軒提灯は出したままで、中をのぞけば廊下にも灯りがある。なるほど木賃宿は、昼夜を問わず自儘(じまま)に出入りできるのがうたい文句となっているが、まさしくそのとおりだ。

「おおっ」

一軒の玄関に動きが見られた。権之市たちがわらじを脱いでいた宿だ。手拭いを吉原かぶりに、風呂敷包みを背負った行商人風が出て来たのだ。扱っている品は分からないが、これから遠くへ出かけるのだろう。

杢之助は身を隠すことなく、その玄関口に歩を進めた。男は提灯を手に、軒提灯もあり、杢之助も灯りをかざしている。互いに警戒したり怪しんだりする雰囲気はない。それでも時が時だけに行商人は立ち止まり、一歩退いた。杢之助は手の提灯で自分の顔と姿を照らし、

「不意に申しわけありやせん。こちらのお宿から、お手前さんのように夜更けてから出かけたり帰ったりしなすった職人さんはいやせんでしたかい。二、三人で。いえね、まだ頼みたい仕事がありやして。急いで来やしたもんで、こんな時分になっちまいやして」

もっともらしい問いで、しかも木戸番人が訊くのだ。

行商人は応えた。

「ああ、あの職人さんたちかね。あっしが出る支度をしているころに二人帰って来やして、すぐまた出かけたようで」

「さようでござんしたか。これはどうも、お手数おかけしやした」

「なんの」

深夜というか夜明けまえというか、自然のなかに聞き込みは終えた。

李之助は自分の部屋をとっている宿に戻り、ひと息ついた。

(職人ふたり、違えねえ。大急ぎで荷をまとめ、遁走と来たかい。それでいいんだぜ、おめえら)

李之助は念じた。

帰って来るまでに、李之助は当人たちと出会わなかったばかりか、気配すら感じなかった。ということは、江戸方面にまぎれ込んだのではなく、西方向に江戸を離れたのだろう。二人は朝一番に六郷川の渡しを渡って品川を離れ、ホッとひと息入れようか。そのことを、〝それでよい〟と言ったのだ。予想の違っていなかったことに、李之助はようやくひと息入れ、

「おかげで儂は街道を行ったり来たり、還暦の身にゃ応えるぜ」

つぶやき、腰を上げた。

六

杢之助はいま、四人組の盗賊の消滅を確信し、未明の街道を泉岳寺門前町に返している。深夜にわざわざ品川の木賃宿に引き返したのは、残った盗賊の二人のその後を確認するためだった。自分の目で確認はできなかったが、頼りない二人が西に去ったとなれば、とりあえず高輪の門前町も車町も安心できる。

(まったく迷惑な連中だったぜ)

品川を離れる一歩一歩に思えてくる。

ふたたびあの民家の前を通る。

数歩過ぎれば、殺しの現場である。

(許せ)

ふたたび胸中に手を合わせた。

すでに泉岳寺の界隈だ。

(どの町もこの町も、外から来る問題ばかりじゃねえ。内にも揉め事を秘めてござるわい)

四ツ谷左門町のときも、両国米沢町のときもそうだった。江戸府内を離れた泉岳寺門前町もおなじである。

門前町に迫った問題は取り除いたが、となりの車町にはそれに関連する問題がまだ残っている。

（翔右衛門旦那、うまく話してくださろうか）

思えてくる。

権之市とその仲間一人を始末したのは、もちろん世のため、町のためだった。さらに刃物ではない、みょうな死体にし、身許不明となるようにしたのは、お克のためである。だがそれを翔右衛門がどう話すか。話しようによっては、門前町にも車町にも、

――あの木戸番さん、いったい……

と、別種のうわさの種になりかねない。

もう一つある。

佐平だ。

杢之助は〝同類〟と勘づいているが、権之市を町で見かけなくなったことは、このあとしばらく話題になるだろう。そのときお克がいかようにしているか、まだ車

町にいるか他所へ家移りしたかにかかわらず、荷運び屋の女房のお駒あたりがうわさの中心になろうか。

権之市の〝死〟も、うわさのなかの一つになるだろう。修助とお駒夫婦は十年まえ、せがれの修太を死なせている。空き巣狙いに殺されたのだ。運が悪かったではすまされない。下手人への恨みは倍加しても、消えることはない。権之市の〝死〟が話題になれば、修助とお駒夫婦が修太の死を強く意識するのは必定（ひつじょう）である。十年まえ、五歳だった修太をつい殺してしまったのは、いまおなじ町に住む、錠前直しの佐平なのだ。

杢之助にとって、門竹庵への押込みを未然に防いだことよりも、そこから生じるうわさの行方のほうが問題だった。

歩は木戸番小屋の前を踏んでいた。

障子窓に明かりがある。本来なら杢之助が一人で明かりなどなく、窓の板戸も降ろされている。

手代が留守居で仮眠していた。

杢之助が提灯の灯りとともに帰ると、

「木戸番さん！　私ら町内のお店者(たなもの)や住人がこれまで知っていた番太さんと、まったく異なりまする」

驚嘆の声を上げた。

どこへ、なにをしに……。

「――訊いてはなりませんよ」

あるじの翔右衛門から言われているようだ。

二十代の若い手代は、ただ感嘆の声を上げている。とくにきのうきょう、痛切にそれを感じたようだ。

手代は帰り、杢之助はいくらか仮眠の時を得た。

その日の朝は、さすがに木戸の外からの棒手振(ぼてふり)たちの声に起こされた。それでもちょうど日の出の時分だった。

木戸を入って来た棒手振たちは笑いながら、

「珍しいじゃねえか。此処(ここ)の木戸番さんの朝寝坊なんてよ」

「あははは。やはり木戸番さんも、寄る年波にゃ勝てねえか」

豆腐屋としじみ売りの声だ。

杢之助は返す。

「寝過ごすって、生きてる証拠だぜ。あはは」

「違(ちげ)えねえ。ここの木戸番さん、やっぱり元気だぜ」

八百屋が言いながら木戸番小屋の前を通り過ぎる。

「おっ、木戸番さん。どうしなすったい。きょうはちょいと遅かねえかい。木戸開けよ」

不意に背後から声をかけてきたのは、駕籠舁きの権十だった。ふり返ると駕籠を担ぎ、後棒の助八もつづいている。

駕籠舁きが番小屋奥の駕籠溜りから出て来るのは、町の朝の喧騒(けんそう)が終わり、人々がひと息ついてからだ。喧騒が始まったばかりのところを街道に出ようとするなど、いつもにくらべ早すぎる。向かいの日向亭でも、お千佳はまだ出ていない。

「儂が遅いというより、おめえらこれから仕事かい。早すぎやしねえかい」

杢之助の問いに権十が、

「そうそう。木戸番さんにゃ言ってなかったが、きのうよ、品川へいい客を運ばせてもらってよ。老舗(しにせ)の料亭だったが、それをこれから迎えに行くのさ」

「料亭へ迎えに？　それも朝に」

杢之助は問い返した。

日向亭に縁台はまだ出ておらず、木戸番小屋の前で三人は駕籠を挟んで立ち話のかたちになった。

後棒の助八が応えた。

「あはは、運んだのは料亭で、それをけさ、近くの旅籠へ迎えに。いいご身分の日那でさあ」

敢えて杢之助は料亭の名は訊かなかった。朝早くの立ち話だから、それほど時間的に余裕があるわけではない。

きのう権助駕籠の二人が日向亭の前でそれを話したとき、杢之助はすでに権之市たちを追って品川へ行っていたのだ。だからその料亭が海鮮割烹の浜屋であることも、杢之助は聞いていない。

普段なら〝品川の料亭〟と聞けば、杢之助はなにはともあれ浜屋を想像し名を訊くだろうが、いまは違った。これから権助駕籠が品川に向かうとなれば、

（ホトケ二体、もう品川宿の問屋場から人が出て、かたづけたはず）

念じ、

（帰って来たら、向こうになにか変わったことがなかったか訊いてみよう）

その思いを胸中に置いて言った。

「それはまたご大層な旦那で。酒代ははずんでくれたろうなあ」

「もちろんでさあ。あ、そうそう、助八よ。きのうお客を運んだ割烹で仲居さんから聞いた話。おもしれえから木戸番さんにも話そうと言ってたじゃねえか。きっとよろこぶはずだってよ。俺もそう思わあ」

角顔の権十が言ったのへ、

「なんのことでえ」

杢之助はいくらか興味を示し、ふくよかな面の助八が、

「あの料理屋の旦那も女将も、ようできたお人でよ」

と、話を引き取った。

その日の素材の仕入れで余りが出れば、旦那も女将も仕入れに出向いた者を叱ることはなく、

「見習いの若え板前を、裏手の宿屋のならんでるところに走らせ、割烹の仕入れたのを格安で分けてよ、大根一本でも秋刀魚一匹でも無駄にゃしねえってよ」

（それって！）

杢之助はようやく、きのう権助駕籠が客を運んだのは浜屋であることを覚った。

喙を容れず、杢之助はそのまま話を聞きつづけた。嬉しかったのだ。

丸顔の助八はなおも言う。

「仲居さんが言ってたぜ。大根も秋刀魚も喜んでるだろうってよ。日々それを料る人間は物を大事にし、板前の見習いさんも包丁を振るうにもそれだけ真剣になり、それをお客の前に運ぶ仲居さんらも、つい嬉しくなるってよ」

「ほおう、そりゃあ心温まる話じゃねえか。なんてえ料亭で、その見習いの板前はなんていう……」

杢之助は現在の木戸番小屋に馴染みのある権十と助八の口から直接、浜屋と太一の名を聞きたかったのだ。

二人とも浜屋の名は応えたが、あとは仲居から聞いた話で、見習いの板前は一人ではなく、名前までは話題に出なかったようだ。きのう、たまたま木賃宿の前に出向いて来たのが、太一だったのだ。

『実はあの浜屋さんなあ……』

のどまで出かかった言葉を、杢之助は呑み込んだ。四ツ谷左門町での人との係り合いは、ここ泉岳寺門前町のお人らとは関係のないことなのだ。

浜屋の仲居の言葉を、四ツ谷まで走って行っておミネに聞かせてやりたい衝動に駆られた。いい料亭へ奉公に上がったことを、おミネも泣いて喜ぶだろう。杢之助もいま、あらためて胸に迫るものを感じているのだ。

杢之助は不意に考え込む仕草になった。

「木戸番さん、どうしたい」

「あ、いや。おめえさんら、早う品川へ迎えに行かなきゃなんねえんだろう。いいのかえ、ここで油売ってて」

顔をのぞき込んだ権十に杢之助は言った。

「おう、そうだ。行こうぜ兄弟」

権十が言ったのへ助八が返し、

「おうよ」

「えっほ」

「ほいっさ」

権助駕籠は駕籠尻を上げると街道に出て、品川方面に走り去った。

二つのその背に杢之助は念じた。

(帰り、待ってるぜ。品川になにか慌ただしいことはなかったか。よーく見てきてくんねえ)

朝の町の喧騒が終わり、お千佳が縁台を外に出してきた。

杢之助との朝の挨拶のなかに、お千佳は権助駕籠が早立ちしたことを話題にしなかったから、見ていなかったのだろう。

それよりも、

「木戸番さん、きのうの夜、なにかあったのでしょうか。番小屋は人の出入りが激しかったようですが。あ、木戸番さん、疲れた顔をしていなさる。中でゆっくりお休みになっては。留守居はあたしが外からしますから」

正直、ありがたい言葉だった。

「すまねえ。そうしてくれるかい」

「はいな。ごゆるりと。そうそう、日向亭の旦那さま、きょう早い時分に車町のほうへ大事な用事で行くって言ってましたけど、木戸番さんもなにか係り合いが」

「ああ。あるような、ないような。なにかあったら、また声かけてくんねえ」

杢之助は返し、木戸番小屋に戻った。

すり切れ畳にあぐらを組むより仰向けに寝っころがった。

（そうか、翔右衛門旦那、きょうこれから車町へお克さんに会いに行きなさるかい）

思いながら、仮眠ではなくたちまち深い眠りに落ちた。

七

そのあとすぐだった。

日向亭の暖簾からあるじの翔右衛門が、羽織を着け外出のいで立ちで、小僧もともなわずおもてに立った。番頭と手代が見送りに出た。

「えっ」

縁台の横でお千佳が軽く声を上げ、首をかしげた。小僧はついていないものの、番頭と手代がそろって見送りに立つとは、なにやら複雑な用事らしいことがお千佳にも分かる。

翔右衛門の足は街道に出るよりさきに向かいの木戸番小屋に向いた。

「あ、旦那さま」

お千佳は声をかけ、

「木戸番さん、おそらく寝ているかと。すごく疲れているようで、さっきあたしが外からの留守居についたばかりでして」

翔右衛門は、お千佳の杢之助が〝疲れている〟との言葉にうなずき、腰高障子を前にふり返った。

「すいません。勝手に番小屋のお手伝い、請けてしまって」

「いやいや。それはもっともなことです。そうですか、木戸番さん、そのように見えましたか」

翔右衛門の言葉に、番頭も手代も得心したようにうなずいた。翔右衛門はもちろん、番頭も手代も杢之助の昨夜の緊張と慌ただしさは、よく心得ているのだ。

「それじゃ番頭さん、お手代さん。あとはよろしゅう。お千佳も木戸番小屋をよろしゅうにな」

「は、はい」

番頭と手代はうなずきを返し、お千佳も、

返した。

本来ならここで腰高障子が動き、

『なにか？』

と、杢之助が出て来そうなところだが、いま当人はすり切れ畳の上に爆睡(ばくすい)している。外の声など聞こえていない。

（きょうの動きは翔右衛門旦那が主役）

杢之助は心得ている。

翔右衛門は胸中につぶやいた。

（木戸番さん、きょう半日、ゆっくり眠りなされ）

翔右衛門は街道へ出ると歩を車町に向けた。

お千佳には翔右衛門の行く先は分かったが、敢えて番頭たちに確かめることはしなかった。番頭も手代も、翔右衛門の行き先を話題にしようとしない。

お供を連れない翔右衛門の足は車町に入ると、海浜の街道から離れ、上りの坂道をいくらか上った。町全体が斜面になっているのは、泉岳寺門前町と似ている。

「いますかな」

と、翔右衛門が訪いを入れたのは、お克のねぐらだった。本来なら、昨夜亭主の権之市がこの世を去っているのだから、いまごろは葬儀の準備で大わらわといったところだが、玄関口はひっそりと静まりかえっている。

お克はすでに声だけで翔右衛門が分かる。

待っていた相手だ。反射的に腰を上げ、玄関口に出て三つ指をつき、上へと言い手でも示すが、

「いや、ここでもじゅうぶんに話せますゆえなあ」

言いながら翔右衛門は玄関の板間に品物をならべる行商人よろしく、座布団もなく腰を据え、お克のほうへ上体を向けた。質問されるのはできるだけ避け、用件だけを言うと早々に引き揚げるためだ。あとは物見に手代かお千佳を寄こすつもりだ。

お克は翔右衛門の来るのを待っていた。玄関口での話にすぐ応じ、なかば切羽詰まった口調で言った。

「昨夜、泉岳寺さんのご門前に、なにもありませんでしたか。まんじりともできませんでした」

なるほど、お克の顔は寝不足で脹れぼったい感じだ。

その顔のままお克はつづける。

「けさになっても、門前町のほうからなにも伝わって来ません。こちらから見に行こうかと幾度も腰を上げたのですが、恐くて、つい……」

本心であろう。

そこへ翔右衛門のほうから訪ねて来たのだ。

「ありましたのか、ありませんでしたのか。いかに！」

切羽詰まった口調になるのも無理はない。もし権之市たちの押込みがあったなら、お克にも累が及ぶのは必至だ。急ぎ働きで人を幾人か殺めていたなら、お克は死罪にならずとも遠島は免れないだろう。

助かる道は一つしかない。翔右衛門や杢之助の手を借り、おおそれながらとお上に訴え出ることだ。これこそ、人を見る目のなかったお克の、唯一の助かる道である。

そうしたお克のようすを見ながら、

（よし、いけるっ）

翔右衛門は踏んだ。

いまお克は身の保全のみを考えている。翔右衛門は決してそれを非難しているのではない。杢之助もこの場におれば、

（あんな根っからの悪党を亭主にしちまった女の考えること……、これしかあるめえよ）

と、お克の保身を肯是するだろう。

「さあ、町役さん！」

お克は翔右衛門へ迫るように言う。

「ま、お克さん、安堵しなされ、と言ってよいかどうか。これは存外、朗報となろ

うかも知れませぬ」

「えっ、いかような」

お克の表情に明るさが射した。

翔右衛門は言う。

「これは品川宿の問屋場からけさ早くに伝わって来たうわさでしてな。品川宿の向こう、ほれ、仕置場がありましょう」

「あ、はあ。あの、鈴ケ森の」

「そう、その近辺のことらしいですじゃ。どうやら盗っ人ばかり幾人かの殺し合いの喧嘩があったらしく、問屋場で死体に心当たりのある者がいて、一人はどうやら古着買いの権之市らしい、と」

「えっ」

お克は端座の腰を上げようとした。

翔右衛門がたしなめるように言う。

「ほれほれ、だから落ち着きなされと言うに」

「は、はい」

なにやら考えのありそうな町役にお克は従い、身を元に戻した。

翔右衛門は言う。

「問屋場とは、宿場の一切を仕切っている所だということは知っていましょう」

「はい、もちろん」

「そこが鈴ケ森に散乱していた四、五人の死体は、いずれも急ぎ働きに殺しまでしていた盗っ人どもと証言していますのじゃ。現場のようすから、仲間同士のなんらかの諍いが昂じたものと思われるとも。悪党どもの金銭をめぐる争いや、差配をめぐっての殺し合いなど、珍しいことではありませんからねえ。何をするにも、私たち堅気の者が想像の及ばないことをしますからねえ」

「わわわっ」

お克は端座の足を崩しそうになった。盗賊の仲間か一味か、心当たりがある。お克の顔は蒼ざめた。

翔右衛門は言う。

「もし、おまえさんが品川の問屋場まで走り、一人は亭主の権之市だなどと言ってみなされ」

「うぐっ」

お克はもう言葉も吐けぬほどに狼狽している。

翔右衛門は容赦なくつづけた。

「おまえさん、その場で身は問屋場に留め置かれ、盗賊の片割れとして死罪か、少なくとも遠島は免れませんでしょうなあ」

「ど、どうすれば……、町役さんっ」

お克は端座の足を崩した。

「夫婦そろって死罪だの遠島だの、そのような者をこの町から出すわけにはいきません」

翔右衛門は故意に冷たく言い、

「それでいま、門前町（うち）の木戸番人を品川の問屋場に遣（や）っておりましてな」

「ああ、あの木戸番さん」

お克も頼りにしている。言葉をつづけた。

「あのお人、うちの人の顔、知っています」

お克は翔右衛門へすがるように言った。

「町役さん、どう、どうすれば！」

「だから、落ち着きなされと言うに」

「……」

「死罪の夫婦を、この町から出すわけにはいきません。出せば手前ども町役たちの身も危のうなります」

「そ、それは！　は、はい」

お克は翔右衛門の顔をのぞき込む仕草になった。

翔右衛門は応えた。

「木戸番さんは午前には戻って来ましょう。どうするかは、権之市の死体がそこにあったかどうかで決まります。したが、悪いようにはしません。私と木戸番さんとでなんとかしましょう。あとで人をここへ遣わすので、そのとき木戸番小屋にさりげなく来なされ。いいですか、さりげなくですよ」

「町役さん！」

お克は翔右衛門の顔をふたたび見つめた。

遣いを待ち切れず、お克は杢之助の木戸番小屋に走るかも知れない。そのときはお千佳が腰高障子の前に立ちはだかり、留守だと言ってお克を中に入れることはない。お克は杢之助がまだ品川の問屋場から戻っていないと解釈するだろう。

八

木戸番小屋には、道を尋ねる者が幾人か来た。

すかさずお千佳が駈け寄り、

「あ、いま、木戸番さん留守にしていまして。御用件ならあたしが」

と、いずれもうまくさばいていた。

翔右衛門は手代をさりげなく車町に遣った。

お克が飛び出てくる気配はなかった。もっとも家の中でどれだけイライラしているかまでは分からない。およそ想像はつく。凝っとしておれない。だが動けば、殺しの累が及ぶ。結局はただ、時間の経過に耐えながら待つ以外にない。

「それがおまえさんの因果ですよ、お克さん。耐えなされ」

翔右衛門は自分にしか聞こえない小さな声でつぶやいた。

陽が中天に近づいている。

じゅうぶんとは言えないまでも、途中で起こされることなく、杢之助はかなり眠れたはずだ。

翔右衛門は縁台に出て、お千佳に木戸番小屋のようすを訊いた。

「邪魔もなく、ぐっすりと」

お千佳は返した。そのあとだった。杢之助がまるで朝のように駕籠溜りの長屋の井戸で顔を洗ってきたときには、いつものすっきりとした表情に戻っていた。

お千佳にとって、木戸番小屋はふたたび日向亭の座敷の一室となった。お茶の用意だ。

腰高障子を締め切り、お千佳の外からの留守居はつづいた。すり切れ畳の上では翔右衛門と杢之助が、深刻な表情で膝を突き合わせているのだ。

手代が木戸番小屋に呼ばれ、車町にさりげなく出向いたのは、翔右衛門と杢之助が相応に膝詰め（ひざづめ）をしたあとだった。

お克が日向亭の手代の訪問を受けるなり、玄関に飛び出たのは言うまでもない。

「いけませんよ、そんなに慌てちゃ。言われているはずですよ。さりげなく、と。あくまでも、ね」

ここ数日、昼夜を分かたないほど慌ただしい動きを見せていたのは、木戸番小屋と日向亭だけなのだ。杢之助の言う、〝なにごともなかったように〟を具現するためである。

その策は、権之市たちを斃し、門前町に急ぎ働きの盗賊一味が押込む危険が去った現在もなお進行しているのだ。

手代は雪駄を履き、お克は下駄をつっかけている。少しでも焦れば、下駄の音に現われる。

お克の住まいから門前町の木戸番小屋までの短いあいだに、

「ほれ、また。さりげなくですよ」

数歩進むたびに手代は言った。

街道から木戸番小屋が見えたときには、

「走ってはなりませぬ」

手代は声を落とし、お克の袖をつかんでいた。

木戸番小屋に入った。

翔右衛門は端座でお克を迎え、杢之助は自然のままであぐらを通した。三人は鼎座ではなく、お克が二人に対面するかたちに座している。

「旦那さまっ、木戸番さんっ」

お克は上体を前にせり出す。

「まずはお克さん、ゆっくりお茶でも呑みなされ」

翔右衛門が言うのと同時だった。

お千佳が、盆に三人分の湯呑みを載せて運んで来た。

翔右衛門と杢之助は、ゆっくりと湯呑みに口をつけた。そこまで申し合わせていたわけではない。興奮を懸命に抑えているお克を見て、翔右衛門と杢之助は自然とそうしたのだ。お克もそれに従った。

杢之助がゆっくりと口を開いた。

「お克さん、驚くなというほうが無理じゃろが……」

すでに翔右衛門がお克に言った言葉と合わせると、この言葉を杢之助が舌頭に乗せた瞬間に、権之市の死を告げたことになる。事前にお克が気を昂らせる間合いを外したのだ。お克の顔は、興奮を懸命に抑えているようすから、無表情へと変化した。事態を理解したのだ。

杢之助は穏やかな口調でつづけた。その皺枯れた声も、お克を落ち着かせているようだった。

「死体を見せてもらいましたが、四人でしてな、いずれも殴り合った互角の喧嘩をしたようでしてな。はっきり言って、馬鹿な死に方というほかかねえ。そのなかに、確かに権之市どんの面もありましたじゃ。顔の相も変わっていたが、ありゃあ権之市どんに間違(まちげ)えねえ」

確定的に言い、気持ちを落ち着けるように、大きく息を吸い、ゆっくり吐いた。

お克の身は、かすかに震えている。

翔右衛門が言った。

「木戸番さん。お克さんはさきを急いでいなさる。早う、あの話を」

「ああ、そのようですな」

杢之助は返し、さらに穏やかな口調でつづけた。

「儂(わし)は問屋場で、このなかに知った顔はござんせん、と答えやしたじゃ」

「木戸番さんっ」

お克は喰い入るように杢之助の顔を見た。

杢之助は返す。

「つまり、権之市どんは盗賊の一味じゃねえ。死んでもいねえ。ようく聞きねえ。ここからが肝心じゃ。権之市どんは行方(ゆくかた)知れずじゃ。当面、おめえさんの身は安泰じゃ」

こんどは杢之助がお克の顔を凝視し、言葉をつづけた。

「したが、いつ露顕(ばれ)るか知れたもんじゃねえ。おめえさんがこのままこの町に住んでいたらどうなる。うわさが立とうて。権之市どんは品川で殺された盗賊のお仲間で、いまいずれかに身を隠している……と。そのうち、秘かに顔を出そうて」

「そんな！」

「お克さん、おまえさんの助かる道は一つです」

翔右衛門があとを引き取った。

「どうすれば！」

お克は視線を翔右衛門に釘づけた。

「うわさが立たないようにすることです」

「どのように」

訊いたときである。外からの声がお克をその気にさせた。

声は駕籠屋の権十と助八だった。二人が木戸番小屋に入ろうとしたのをお千佳がとめ、腰高障子のすぐ外での会話となったのだ。

権十の声だ。

「ここんとこ、俺たちゃいいお客にめぐまれてるぜ。きょうも品川のお客をご府内の田町まで運ぶと、すぐに田町から泉岳寺参詣のお客がついてよ」

「いま戻って来たところさ」

助八も気分よさそうにつないだ。

木戸番小屋の中では翔右衛門と杢之助に、お克が向かい合って座している。三人はうなずき、しばし聞き耳を立てた。

角顔の権十の声は、はきはきしていて聞き取りやすい。

「問屋場の近くで聞いたぜ。品川の町はずれにホトケが二体、転がってたってよ。問屋場のお役人が言うにゃ、物を盗られるよりも、職人風で身動きのとりやすい、盗るほうの格好だったそうだ。それも斬られたわけでも刺されたわけでもねえ、なにかで打たれたような、みょうな死体だったらしい」

「そうそう。この分じゃ町場か林のどこかにまだ転がってんじゃねえかって」

丸顔の助八も言う。

杢之助は問屋場に出向き、場所は鈴ケ森で死体は四体、そこに権之市の死体はなかった……と確認したことになっている。

権助駕籠が聞いたのは町のうわさである。うわさはどうながれどう変わるか分からない。少しでも辻褄（つじつま）の合う部分があれば、それでじゅうぶんなのだ。

聞き役のお千佳が、

「その話、あとでまた木戸番さんに」

と、二人を腰高障子から遠ざけ、杢之助と翔右衛門はお克に覚られぬよう、秘かにうなずきを交わした。

お克は顔面蒼白のまま、一人でうなずいていた。

すり切れ畳の上で、翔右衛門は言葉をつづけた。

「おまえさんが、秘かにこの町から消えなさる。権之市どんも、すっかり見なくなった。町衆は思うはずですじゃ。あの夫婦、いずれかへ家移りした、と。品川の死体のなかに、権之市どんはいなかったことになっているゆえなあ」

「はあ、はい」

お克は戸惑いながらうなずいた。

翔右衛門はつづける。

「権之市どんは気のいい古着買いで、盗賊の一味ではなかった。そうなれば、悪いうわさなど立つ余地はありますまい。ながれても夜逃げのうわさのみですろ。七十五日もせぬうちに消えましょう」

「夜逃げ……？」

返したお克の口調には、従う含みが感じられた。

「いつ？」

「今宵」

「えっ」

驚くお克に杢之助が、問うように言った。

「おめえさん、お里はどこかね」

「奥州街道の古河ですが。それがなにか」

「ふむ。利根川の渡しを渡った宿場町だな。女の足で川止めさえなけりゃ、高輪から江戸を抜け二日で行ける道のりだ」

元飛脚だから街道筋の地理には詳しい。

杢之助はさらに言う。

「ちょいと酷な言い方だが、おめえさんのためでもあり、町のためでもあらあ。明るいうちに荷をまとめておきねえ。後始末はな、町役の翔右衛門旦那がしてくださらあよ。当面の旅費や生活の費用もな」

翔右衛門はうなずきを見せた。すべては杢之助との膝詰めで、話し合ったことである。

九

お克を誘導しているのではない。実際にお克の身に連累の危機が迫る可能性はきわめて高い。

お克は夜逃げの準備に入った。

李之助にはもう一つ課題がある。これこそ難題か、あの〝同類〟の件である。

「ちょいと木戸番さん、冷たいじゃないか」

下駄の音も激しく、荷運び屋の女房お駒が木戸番小屋に飛び込んで来たのは、翌日の陽がかなり高くなった時分だった。

しかもこのとき、錠前直しの佐平が来てすり切れ畳に腰を下ろしていた。

瞬時、

（まずい！）

李之助は思った。

だが、

（好機⁉）

その念が同時に込み上げてきた。

佐平は十年まえ、四ツ谷で空き巣に入り、お駒と修助夫婦のせがれ修太を殺している。修太はその年、五歳だった。いま生きておれば十五歳だ。家業の荷運び屋のいい跡取りになっていたことだろう。

「あらら、錠前直しの佐平さん。来ておいででしたか。ご存じならおなじ町内で腹立ちませんかね。あたしゃ、もうっ」

お駒は三和土に立ったまま、すり切れ畳に腰を沈めている佐平へまくし立てるように言った。お駒が木戸番小屋の三和土に飛び込むなり〝冷たいじゃないか〟などと非難したのは、杢之助に対してではなかった。

もとより杢之助には荷運び屋のお駒の第一声から、古着買いの権之市の女房お克が昨夜夜逃げをしたことを、だれかれ構わずまくし立てたことに気づいている。お克は昵懇であるはずのお駒にも、なにも言わずに去ったようだ。

(それでよい)

お駒の怒りの声を聞くと同時に、杢之助は思ったものだ。

「まあまあ、お駒さん。お克さんのことを言ってなさるんだろうが、その話なら儂もけさ聞いた。まあ、落ち着きなされ」

「落ち着けるもんですか。なにも言わずにですよ。言えば餞別(せんべつ)のひと包みも用意したものを。佐平さん、どう思いますっ」

怒りを佐平にも振った。

「あ、ああ。まあ」

佐平はすり切れ畳に腰を据えたまま、返答に戸惑った。佐平は十年まえに心ならずも殺してしまった子供の親が、この荷運び屋の夫婦であることに気づいている。事件を忘れようと、佐平も荷運び屋夫婦も住まいを幾度か変えてきた。それがいまそろって府外の高輪車町の住人となっていたのだ。

夫婦はまだ佐平の正体に気づいていない。十年まえ、下手人は挙げられずじまいだったのだから、それも仕方のないことだろう。

だが佐平は、夫婦の挙措(きょそ)から感じるものがあったのだ。

夜逃げの件について感想を振られ、佐平は戸惑いながら言った。

「そ、そりゃあ俺も話は聞いたが、まあ、尋常ではねえが、不意に姿を消すほうも、それなりに理由(わけ)があってのことじゃねえのかい」

佐平はお駒を前に、自分のことを言っているのかもしれない。

「おや、錠前屋さん。それで町内で親しく付き合ってきた者に、なにも言わずに消えちまってもいいってことになるんでしょうかねえ。あたしゃ承知できないよ」

お駒は夜逃げしたお克と親しかっただけに、かえって怒りが収まらないようだ。

そのようなお駒に杢之助も、言い聞かせるような口調をつくった。

「佐平どんの言うとおりだぜ、お駒さん。お克さんにゃ人知れず隠れる事情があったのじゃねえのかい。そこを汲んであとは追わねえ。それがお克さんのためってえことにならねえかい。もちろんどんな事情があったか、どこへ行ったか知らねえ。詮索もしねえ」

「なに分かったようなことを言ってんですか。これだからお年寄りの分かった振りは嫌なんですよう。お克さんの旦那、権之市さんさね。まえまえからみょうなうわさがあってねえ。殺したの殺されたのって……、現在のことさ。十年まえのことじゃないよ」

話がいきなりそこへ飛んだ。

「ううっ」

佐平がこの場にそぐわない反応を見せた。

（まずい）

杢之助は思ったが、お克はそこに気づくことなく、なおもまくし立てた。

「ねえ、そうでしょう。お克さんまでみょうな消え方をしたんじゃ、どんなうわさが立つか分かりゃしない。あたしたち夫婦にもねえ、思い出したくない、思い出したい、そんな思い出があるんですよう。ああ、いやだいやだ。人の死が興味本位のうわさになるなんて」

お駒は言うだけ言うと、また腰高障子の敷居を外にまたぎ、

「あたしのこの気持ち、分かってくれる人、いないのかしらねえ」

独り言（ひとりごと）のように言い、腰高障子を開け放したまま、視界から消えた。

杢之助はつぶやいた。

「儂、分かってるぜ、お駒さん」

「俺も……、だ」

かろうじて杢之助に聞こえるほど、佐平が小さくつないだ。

木戸番小屋の中は、杢之助と佐平の二人となっている。

そのすり切れ畳の上に、数呼吸の沈黙がながれた。

障子戸が開け放したままになっているのが、かえって密室ではなく二人に話しやすくさせているようだ。数呼吸の沈黙は、両名ともいま話すべきことをそれぞれの脳裡でまとめているためだった。

佐平はなにかを言いそびれている。杢之助はそれを看て取り、思い切って言葉にした。

「錠前開けの仁平どん」

「えっ」

盗賊時代の名を呼ばれ、驚く佐平に杢之助はすかさず、

「やはりそうだったかい。木戸番人をやっているとなあ、その町の住人の来し方がいろいろと見えてきてなあ」

「……」

「住人同士に隠し事があっても、なにかのきっかけでそれがおもてになるときもある。これからしばらくこの町にゃ、権之市とお克のうわさがながれようよ。それも生きてるだの死んでるだのと。そこにさっきもそうだったが、お駒さんが乗ってきて、過ぎた昔を思い出し、これまで気がつかなかったことに、突然気づくこともあらあ」

「木戸番さん、気づいていなさるようだなあ。かなりのことまで」

「それはともかくだ。この世に生きている者は誰でも、他人に気づかれたくねえことの一つや二つはあらあ。儂もいろいろな町を転々としながら、ほれ、こうして生

きておる。したが、少しでも居心地の悪いものがありゃあ、即刻家移りよ。それが儂の因果でなあ」

「やはり、木戸番さんも、……でやしたかい」

「ま、……なあ」

杢之助のぎこちない返答のようすに、佐平はかぶせた。

「まえまえから、並みのお人じゃねえと思うていやしたぜ。来し方、飛脚だけじゃありますめえ。いずれ、その筋にゃ知られた……」

「おっと、さっきお駒さんにも言ったが、追わぬが花よ。儂もこれ以上のことは……。お互いになあ」

「……そいつぁいい。ありがてえぜ」

佐平が言ったとき、腰高障子の開いているところを町内の子たちが埋め、

「わっ、お客さんだ」

「いいんだ、いいんだ。おじちゃんはいま帰るところだから」

子たちに歓声が上がった。

佐平は言うと実際に腰を上げ、町内の子たちと入れ替わるように外へ出た。

杢之助は言った。

「おめえさん、これまでがそうだったように、錠前屋の技がありゃあどこででも生きて行けようよ。うらやましいぜ」

「あはは、木戸番さん。この錠前屋はどこへ行っても、錠前開けの仁平にゃ戻りやせんぜ」

「そんな心配はしちゃいねえさ」

「ほう、それもまたありがてえ」

佐平は言うと、木戸番小屋の前から去った。

「おじいちゃん、おじいちゃん。雪が家の屋根より高く積もるって話のつづき」

と、木戸番小屋は子たちの遊び場になった。

荷運び屋のお駒がまた木戸番小屋に来て、

「おかしいよう、ほんと。錠前直しの佐平さんまでいなくなっちゃったよう。木戸番さん、なにか聞いちゃいませんかねえ」

不思議そうな顔で言ったのは、翌日のことだった。

杢之助は真剣な顔で返した。

「ほう、佐平どんもかい。知らねえなあ。行き先は？」

「知るもんかね。お克さんとおなじ夜逃げみたいだったから」

「ほう、ほうほう」

李之助は返し、内心思った。

（よりによって、十年めえの事件の両親が住む町に越して来ていたなんざ、悪い因縁だったぜ。こんどこそゆっくり生きられる地に移りなせえ。というても、犯した罪から逃れることなんざできねえ。そういう因果よ、儂もおめえさんもなあ）

李之助も佐平の行く先は、まったく聞いていない。

翌日だった。

「おう、来たかい。来ると思うていたぜ」

と、李之助はながれ大工の仙蔵を木戸番小屋に迎えた。

仙蔵はいつものように大工道具を脇に置き、遠慮なくすり切れ畳に腰を据えながら言う。

「おかしな土地ですぜ、この高輪界隈はよう」

「ほう、どんなふうに？」

「木戸番さんなら、なにか知っていなさろうかい。血を見る大揉め事が起こるか、急ぎ働きの盗っ人一味がどこかに押込もうかと思うていたら、それらの気配が消えちまったじゃござんせんかい。いってえ何がどうなっているのか。これじゃ捕物好きの旦那に話すことなんざ、なあんもありゃしねえ」

「あはは。そんな旦那がよろこびそうな騒ぎなんざ、あってたまるかい」

李之助は反駁し、

（揉め事の気配が消滅したことを探り取っただけでも、大したもんだぜ。火盗改の密偵さんよ）

胸中に念じ、さらに誓った。

（これも因果だが、この町に捕物好きの旦那がよろこびそうな事件を起こさせねえのも、儂の秘かな勤めでよう）

ちょいと目を外に転じれば、陽が中天を過ぎていた。

天保九年（一八三八）は葉月（八月）に入り、すっかり秋の気配になっている。

李之助はその日射しにつぶやいた。低声だが、明瞭な口調だった。

「ありがてえぜ、この町に住まわせてもらってよう」